魅丽文化 桃夭工作室

意大利初恋日记

草灯大人 著

江苏凤凰文艺出版社
JIANGSU PHOENIX LITERATURE AND ART PUBLISHING, LTD

图书在版编目（CIP）数据

意大利初恋日记 / 草灯大人著. — 南京 : 江苏凤凰文艺出版社, 2017.10
ISBN 978-7-5594-0982-9

Ⅰ. ①意… Ⅱ. ①草… Ⅲ. ①长篇小说－中国－当代 Ⅳ. ① I247.5

中国版本图书馆CIP数据核字（2017）第207956号

书　　名	意大利初恋日记
作　　者	草灯大人
出版统筹	黄小初 邹立勋
选题策划	康现梅 廖双双
责任编辑	胡小河 姚　丽
文字编辑	廖双双
责任监制	刘　巍 江伟明
出版发行	江苏凤凰文艺出版社
出版社地址	南京市中央路165号，邮编：210009
出版社网址	http://www.jswenyi.com
印　　刷	湖南关山美印有限公司
开　　本	880mm×1230mm　1/32
字　　数	100千字
印　　张	9
版　　次	2017年10月第1版，2017年10月第1次印刷
标准书号	ISBN 978-7-5594-0982-9
定　　价	28.00元

目 录
CONTENTS

Ti amo 001
一封情书献给你，毕生挚爱。

公主裙 011
我以为我的爱人是盖世英雄，后来发现，他只是我的英雄。

芭蕾舞鞋 023
这成长之路，或许是脚踩刀尖过来的。可知道远方有你，再艰难困苦，我也还是想奋不顾身地奔向你。

沙丘白贝 033
少女情怀总是诗，我的心事必定如潮汐一般，在月光的牵引下，夜复一夜回旋于沙丘暗礁。

打火机 042
我喜欢你温柔的样子，又怕所有人觊觎这样好的你。

朱砂痣 051
你是我命里唯一，刚下眉梢，又上心头。

单车恋人 059
最好的事，莫过于你在笑，我在闹。

红玫瑰 074
总想着，你应该是鲜红色的，浩浩荡荡，触目惊心，一旦入眼，就再难逃开。

你的名字 085
世上再无比你名字更动听的情诗。

绅士 094
为你脱胎，为你换骨，为你披上绅士皮，也为你撕裂这层衣。

烟火 105
一直以来，我有一个愿望，那就是能和你手牵手，坐在浓重的夜色里看人间烟火。

高跟鞋 119
我见过无数的人与风景，却从未见过如此美丽的你。

星辰 127
有时候，我会盯着你的褐瞳看，心想：这里头映出的女孩子长得可真漂亮。

目 录
CONTENTS

大海 141
他的眼睛像无比浩瀚的大海，我想靠近，汲取温暖；又不敢靠近，害怕被淹没。

冰激凌 152
他说喜欢我冰激凌的口味，凑上来亲了一下，很甜，不知是真喜欢，还是偏爱吻我的味道。

黑夜 166
若是这一路无光，那便当作是在夜里行走吧。我一想到世间还有一个你，脚下的路也变得不那么刺骨冰冷了。

深渊 176
总有人为你爬出不见天日的深渊。

香水 193
所谓占有欲，就是想把你整个人敲碎了带回去，连独有的气味都不肯放过。

鸡排面包 204
若是这世间有一物能与你比肩，那便是鸡排面包吧。

围巾 217
这世间，任何一种相遇都难能可贵，错身而过，江湖里也不一定有缘再见。

雪 229
这世间唯爱能御寒。

情书 237
我想用笔，把好的你、坏的你、全世界独一无二的你都写进书里。

番外一 243
初恋系我心

番外二 256
魔王巢穴历险记

Ti amo

一封情书献给你，毕生挚爱。

意大利
初恋日记

敬启，我的初恋零君：

与你热恋至今已有六年，从我懵懵懂懂不知爱的年纪到现今羽翼丰满，也知人情世故和冷暖。

之所以给你拟名零君，是因为你简简单单像一张白纸，又称Zero。

初次见到你的时候，是在某个意语班里。

那时候我刚出国，人生地不熟，也不会当地的语言，特意去了补习班学习口语。

补习班是热爱中国文化的修女与神父开的，教课的老师是意大利人，所以，请了一些擅长意大利语的中国人翻译在一旁协助授课，你就是其中之一。

第一天上课，看到授课老师是意大利人，我当场就蒙了。我正想着该怎么意会异国单词的时候，你就这样闯入了我的视野里——既不是盖世英雄，也没有光芒万丈。

我隐约记得你穿着白色长袖、牛仔裤，单手抵着门框，气喘吁吁："不好意思，我迟到了。"

一声牵心，我逆光望去，倒没怎么看清脸，只知道声音很好听，至今仍有印象。

1

某次，零君出门办事，突然和我打电话："我看到有人偷车灯……"

我以为他要逞能，满脑子的凶神恶煞的坏人把手无缚鸡之力的他吊着打的画面，于是急忙阻拦他："千万别管这些事情，快回家！"

怂就怂，别受伤就好了。

零君沉默了一会儿，然后说："偷的是我家的车灯。"

2

我和零君吵架了，一个人默默生闷气，不理他。

然而，第二天需要去外地大学听一个有关专业的介绍，既然我不说话，零君只能擅自拿我的绿卡注册了大学网站。

等我冷静下来，凑过去一看，我差点咬到舌头——只见这厮不但注册了账号，还写了一个密保问题：我最爱的男人是谁？

答案：是零君。

人怎么能无耻到这种地步？

我目瞪口呆："你还要不要脸？这个怎么改？"

零君恬不知耻地回答："不能，绑定了你的绿卡，一辈子都别想改！"

"……"

3

零君对化妆品一窍不通，最近几天提出想给我买一支眼线笔。

我心说：好啊，当然好。

兴奋了一分钟之后，我陷入了深思。据我对零君的了解，这事的背后恐怕没有这么简单。

我直截了当地问："你知道什么是眼线笔吗？"

零君可能也没了解到事态的严重性，他迟疑了好久，然后回答：

“是画眉毛的？”

“……”

我抹了一把脸，深吸一口气，挤出一个微笑。

我不该对这个男人要求过高的。

4

零君没有 B 站的账号，偶尔一起看视频会遇到一些小波折。

无奈之下，他只能选择注册一个账号，可页面显示他的邮箱已被注册。

几乎是在一瞬间，这厮想到了什么，回头，目光不善地盯着我，阴恻恻地问：“你是不是又用我的邮箱注册了什么？”

很快，页面传来“恭喜，登录成功”的提示音。

零君一看用户名，险些气晕过去。

只见上面赫然写着：世界第一妹妹小公主。

5

零君偶尔也想给我喂几碗鸡汤：“你很幸福，这么多人喜欢你，你知道吗？”

我头也不抬地说：“我知道啊，因为我长得可爱。”

零君沉默了一会儿，随后说：“这和你长得可爱不可爱没什么关系！”

“……”哦。

6

我脾气很急，有满腔怒火，无奈缺乏吵架的技巧，生气的时候，跺一跺脚，吼零君："你想要我侮辱你吗？！"

零君看我一眼，半点没生气，勾唇，慢条斯理地答道："你可以侮辱我的肉体。"

"……"欺……欺负人！

7

零君腿比我长，时而迈步大，我需要一路小跑才跟得上。

我气喘吁吁地问："你要牵我的手吗？"

他低头看了一眼我伸出的手，倏地翘起嘴角："那就委屈我，给你牵一下好了。"

8

零君这个人很有心机。

之前我亲他，留下唇印，他视若无睹，等朋友问起了，才装作刚反应过来的样子，轻笑道："哦，之前没看见，忘记擦了。"

朋友目瞪口呆，一颗单身的心被扎得千疮百孔——再见，再也不见，以后恐怕我们只能用漂流瓶联系了。

9

大清早到了学校内部的小酒吧，我看了一眼柜台，细声细气道："给我买一个鸡排面包，我饿了。"

零君深吸一口气，说：“那之前在我家吃的早餐，还有什么存在的意义？”

我憋了一会儿，然后说：“至少我在来学校的路上没有喊饿？”

零君很快陷入了沉默。

10

零君心情好的时候，喜欢喊我“媳妇”。

他：“今天小媳妇乖不乖？”

他对于乖的定义是：没吃酸辣，养好了胃，上课也有认真听讲，睡觉睡够，吃饭不挑食，吃了蔬菜，不是只吃肉，诸如此类。

我想了想，为了隐瞒我吃了两块鸡排的事实，问他：“那你大媳妇是谁？”

零君喉头腥甜，一口血堵在心中。

我恶声恶气地威胁他：“只许宠小媳妇，不能喜欢大媳妇，知道没有？”

他乖巧地点点头。

我很满意，将偷吃的事情瞒天过海，但事后想想，总觉得哪里不太对劲……

11

很久之前，我和零君闹了别扭，甚至闹到说分手。

隔了将近半个小时我才肯去找零君求和：“你在做什么？能不能陪我聊天呀？”

片刻后，零君冷冰冰地回了一句：“不，我只陪我女朋友说话。”

“……”

12

我在家的时候，胆子很大，知道天高皇帝远，零君揍不到我，就会说一些暧昧的话逗他。

——好想让你见识一下我的厉害！

——想对你做奇怪的事情，让你上天不能、下地无门！

——别想反抗啦，我有一百种逼你就范的方法……

结果隔天，我去他家玩。

零君缓步凑近，似笑非笑地把我堵到墙边：“嗯？不是说好要狠狠地欺负我吗？”

呃，我认怂还不行吗？

13

我发育比较迟缓，前几年的长相和现在差别很大。

零君偶然翻出我从前的照片，感慨：“你和以前长得都不像了。”

“那是现在好看，还是以前好看？”我期待地看着他。

零君瞥我一眼，勾唇，意味深长地说：“都好看，但现在长大了。”

之前，我问朋友：“我那时候没胸，也没屁股，零君图我什么啊？”

朋友朝我挤眉弄眼，道：“当然是想一手‘带大’你啊！”

14

我说："你要陪我想想以前的事情呀，我都快忘了。"

零君沉默了一会儿，然后说："就是你以前怎么把我骗到手的事情？"

"……"你还是别说话了。

15

刚出国的一段时间，我是住在表哥家里的。

恰巧，我表哥是零君的朋友，和他一起回家的时候，偶然贱兮兮地提起一句："我家来了一个小表妹，还挺可爱的，不去看看？"

零君鄙夷地看他一眼，估计觉得这人实在可恶、猥琐。

别人家的表妹，他去凑什么热闹？

于是他回绝了。

偶然翻起旧事，零君想想，扼腕长叹："如果那时候去他家了，会不会再早一点认识你，再早一点恋爱？"

我的内心：你还嫌认识得不够早是吧？一手养大了小妹妹，还不够？

16

表哥他们家常年在意大利做生意，所以和附近的华人朋友很熟。我人生地不熟，自然而然就融入不进那个圈子。

记得那时候，表哥生日，请了一堆男男女女来家里玩，自己炒几个小菜，煮火锅庆生。

我毫无厨艺可言，插不进话，又帮不上忙。我如果不来厨房看着，显得不合群，性格孤僻；但如果来了，我又没有认识的人，孤零零地站在一侧非常尴尬。

当时零君也是被邀朋友之一，和我不算熟。他看我一眼，许是觉得我一个人坐角落里，没人搭理很可怜，就问：“你吃芋头吗？”

“国内外婆会炒，很好吃。”

“嗯。”他了然点头，然后借了锅子给我炒了芋头。

别人家的材料用起来总没自家的顺手，味道说不上是最好的，但那时候的我确实被“多管闲事”的零君温暖到了。

17

其实我最初遇到零君，是在一个很巧合的时间点。

那时他出国有一两年了，语言学得比常人快许多，也能做外语补习班的义教翻译。

零君是被迫出国的，他想要继续追逐梦想，高中又得重新在意大利读。而他父母则希望他放弃学业，帮助生意上的事情。商人必然唯利是图，有部分人的思想也很迂腐，看不起读书人。然而零君不肯，他反抗，坚持学业，他的父母因他的抗争而勃然大怒，断绝一切经济支持，想要他知难而退。

那段时间是零君最痛苦的时候，既累，又有语言以及经济上的压力。他开始自暴自弃，有时逃课，一个人去山上的小公园里坐一整天，想未来，想事情，没有方向，也没有目标，如迷路旅人在重重夜幕中，深陷泥潭，因看不见光，甚至有随波逐流，任自己沉入潭底，被淤泥淹没的绝望想法。

而就在这时，他在补习班里遇到了我。

当时我很天真，觉得零君虽然语言够好，但有逃课经历，一定是个差学生。可我不知为何就对他格外亲近，兴起时，笑着问他："你陪我读书好不好？意大利人读大学的不多，但是我们中国人还是看重文凭的，所以你陪我读，好不好？"

当时我们也不算很熟，零君看了我一眼，这一眼望得很深，蕴含了多层的含义。我被他看得有些毛骨悚然，搞不清楚那眼神里的认真究竟是什么。不过是一句玩笑话，要是不喜欢，不答应就好了，可没想到他认真点头，跟我拉钩承诺："我陪你。"

打那以后，零君一反颓靡的求学态度，开始在假期工作，攒钱付学费以及生活费，一步步陪我熬到现在。

也是从那时候起，我才发现零君在学业上有绝对的优势，他不是我所想象的差学生。这人的学习能力以及自制力都比一般人强很多，只花了几个月的时间就让所有科目都达到了第一，还是在拥有语言缺陷的情况下。这厮一旦认真起来，会创造出奇迹。

我记忆最深刻的是，他读的那个高中至今还有老师会问新来的中国同学："你们认识一个叫零君的中国人吗？他真的是我教过的最棒的学生。"

嗯，现在想想，我大概能懂他那一眼的深意了：既然你在我最痛苦的时刻也从未放弃过我，那么今后，无论天涯海角，无论艰难险阻，我都奉陪。

公主裙

我以为我的爱人是盖世英雄，

后来发现，他只是我的英雄。

1

我想起一件事，以前我被同学针对，碰上一次分组考试，大家都分好了，就只余下我一个人。

毕竟我意大利语不好，看题目速度就慢了，还没有人帮我，当时面临挂科的危险。

我急得想哭，咬紧下唇给零君发短信。

凑巧他那时候没课，在楼下等我放学。得知我的情况后，他当机立断道："把题目拍给我。"

化学是零君的强项，对他而言几乎毫无困难。别人需要一个小时，他只花了十分钟就写完了所有答案，继而上传给我，解了燃眉之急。

那一次，我以一"家"之力考了全班第一。

2

要去零君家玩，一大早我就兴奋得睡不着，卧在床上辗转反侧。

天刚蒙蒙亮，透了一线蔚蓝的光，我就从床上火速爬起，一路奔向他家——门不用别人来开，零君不知出于何种居心，以懒得帮我开门为理由，强塞给我他家的钥匙。

我褪下厚重的外衣外套，蜷缩进零君的被窝里，晃他："起床陪我玩。"

零君双眼潮红，窥了一下窗外的天："才六七点啊？"

"你昨晚答应的，不管多早都陪我玩的！"

"再睡一会儿。"

"骗子，大骗子！"我奋力晃动他，这厮却犹如木头，毫无反应。

没辙了，我只能另施奇招。

我故作乖巧地躺下，等到零君放松警惕沉沉入睡，又伸手在他的衣内游离。不知是我魅力不够大，还是零君自制力太好……几秒以后，他突然扣住我双手手腕，锁到怀里，低低呵斥：“别闹。”

3

偶尔我会和零君玩一下人质游戏。

黑漆漆的房间里，我和零君面对面坐着，我恶狠狠地说：“别出声，不然我就杀掉你！”

零君质疑我的身份，毫无惧怕之意：“你是绑匪，确定我们的身份不是反过来的吗？就你这样绑得了谁？”

我气急败坏地说：“反正我就是绑匪！”

“那就要用小拳拳捶你胸口了？”零君冷笑一声，还没忘记之前的奇耻大辱。

“你很有钱，所以我要你的钱。”我超凶。

“给你，要多少，说吧。”零君慵懒地说。

“不行，你这样是侮辱了我绑匪的身份……我不是这么好打发的。”

零君继续循循善诱：“你要想的应该是怎么诱惑我，而不是绑架我。或者选一个两全其美的办法，你嫁给我不就好了？”

“可是我是绑匪，我不能放弃我绑匪的尊严……”我越说越小声。

零君慢条斯理地接着道：“那你绑架我，是为了什么？”

“为了得到你的钱。”

“你如果想要更多的钱，应该想的是怎么顺利嫁给我。”

“那有没有不嫁给你还能拿到钱的方法？”

“没有，”零君顿了一下，说，“你想想看，你绑架我，会被警方逮捕。可嫁给我不会，又能得到我的钱，何乐而不为？”

“所以你是为了保护我吗？”

我总觉得哪里出了错……

“不，我只是在骗你。”

我感觉自己的智商遭受了侮辱。

“或者这样好了，”零君凑近我，说，“你要不想想怎么讨好我，拿到一点钱好了？”

“可是……”

零君又凑近了一点，白皙的手指扣在我手腕上，低声道：“所以还是听我的，好好服侍我不就好了？”

我话还没来得及说出口，人就被他压制住了。

等等，这个剧本是不是拿错了？我总觉得哪里不对劲！

4

我偶尔会和零君说一些很幼稚的话：“我是小仙女，你是什么？”

零君颇为无奈，敷衍地回答：“我是大老师。”

“哎？我是小仙女，你为什么是大老师？”

“因为我是小仙女的老师。”

“那你教我什么呀？”

零君一本正经地回答：“人体结构。”

我一脸震惊，想说什么，又结结巴巴了。

此时，这厮轻笑一声，问我："有趣吗？"

我感觉，不太妙啊。

5

每到新学期，零君就会温柔地笑笑，和我说："又离梦想近了一步，开心吗？"

我一头雾水，回答："我没什么梦想啊……"

"你的梦想不就是和我结婚吗？"

他说得好……好有道理。

6

以前我英语很差，连语法都不记得几个。

零君着实头疼，帮我狠补了一把。

那时，我唯一会的一句就是："Do you love me?"

"嗯。"零君状似敷衍地答了一句，侧头，嘴角上翘。

7

零君小学的时候和父母去庙里上香，突然有一个算命的老先生把他拽住："我不收你钱，我给你算一卦。"

零君吓了一跳，拒绝道："不用了。"

老先生很坚持，说："别拒绝，我一定要给你算。"

零君无法，只能听他说了。

老先生说："你在 ×× 岁的时候，会遇到一个对你来说很重要的人，那是你的贵人。在那之后，你的生活会很美满，学业和事业都很好。”

结果在那一年，零君真的遇到了我。

不过，为什么他把贵人强制拉来当媳妇了？！

8

手机一旦没电了，我就会上零君的聊天号，和朋友聊天。

我才说没几句，他就倾身抽走我的手机：“不许看了，眼睛吃不消。”

我撒泼打滚都无效，正着急呢，只听得他慢条斯理地道：“和我撒个娇看看，我开心了，就给你。”

坏……坏人！

9

意大利有些地方会有换妻俱乐部这种东西，我偶有听闻。

上次我陪零君出门，偶遇他一个老外朋友。

朋友问：“这是你女朋友？”

零君点点头，寒暄两句。

他朋友突然拽着他，耳语道：“你女朋友借我玩两天？”

零君被恶心到了，眉头一蹙，把我拉到怀里，冷声呵斥：“滚，她是我的！”

10

零君突然捂住胸口偏右侧的位置，皱眉说：“这里有点疼。”

我装可爱，给他比了个心，说：“那就把我的小心心送给你！”

零君看我一眼，沉默了良久，然后说：“心脏在左边。”

“……”我无言以对。

这件事告诉我们，卖萌也不可以不切实际，要符合常识。

11

偶尔我会很勤奋地写小说，零君心疼，催促我早点休息。

我语重心长地说：“这都是为了养你呀。”

他哑然失笑：“这话不该由我来说吗？”

12

中午回家，我和零君并排走。

也不知发生了什么，零君忽然凑到了我旁边，唇距离我脸颊只有几厘米的距离。

我吓得一动不动，环顾四周——这还是大街上，大白天呢！这厮就想为所欲为，做那样的事情？我是不会屈服的！

我一本正经地呵斥他：“这是在街上！”

零君看我一眼，半晌没吭声。

与此同时，一辆自行车和他擦肩而过。

我很尴尬，想把这页揭过不提，零君却不肯饶我，似笑非笑地问：“嗯？有车来了，我还不躲开，等着被撞？”

“……”咯咯，那什么，我没多想。

13

课后，我和零君一起坐车回家。

由于天气回暖，忽冷忽热，穿衣服总摸不着头脑，导致我中午总会被阳光闷出一头的汗。

火车内空气燥热，我浑身是汗，零君想靠一会儿我的肩膀，都被我推开了。

他瞥我一眼，提议：“不如去我家洗个澡？”

此话正合我意：“可以吗？”

“可以，”他顿了一下，目视前方，补充道，“反正我也要洗澡。”

闻言，我脊背发麻：“等一下，你要洗澡，和我有什么关系？”

他勾唇，逗我：“你说呢？”

我本能地觉得大事不妙！

14

以前我很想接近零君，或许是因为他身上的气质太过于温柔，让我像趋向热源的飞蛾一般，不断扑火。

那时候我迫切地想和零君亲近，无奈没他的手机号码，就想了一个烂招数——把班级里所有同学的手机号码都收集过来写在同学录上，最后才去询问零君的号码。

当晚，我深吸好几口气，临时想了一个问问题的借口，然后给零君打了电话：“我就问一个书上的问题，就聊五分钟。”

可能是零君在电话里的声音太好听了，以至于我第一次打电话就闲扯了很久，远远超过五分钟了，怎么都不肯挂断。

而零君那时候的心理活动是：为什么刚刚要了我的号码就给我打电话了？

我问他那时候的感觉，他说：“有点害怕，因为不太习惯和女孩子打电话。”

“那你会高兴吗？那时候对我有好感吗？”

“刚开始觉得你和其他女孩子没什么不同，都是小孩子。看起来很文静的女孩子，实际上很大胆，居然敢给我打电话。”

“那时候，我在电话里说是问你问题，你觉得是真的呢，还是借口呢？”

零君轻笑一声：“我觉得是借口。”

原来早就被他拆穿了啊……我还以为这个借口找得很完美。

“这些问题明明可以在学校问的，没道理回家特地问一次，真正目的就不为人知了。不过很有趣，你突然打电话给我。”

我天真地问零君：“那你以前有因为讨厌被骚扰，所以委婉拒绝过我吗？”

“我有拒绝过哦。我以前说过‘先挂了，我很忙’之类的话。”

我尴尬了，没想到零君说话这么直白……我以前是有多傻，被人明晃晃地拒绝了还不自知。

我问零君：“那我被你拒绝了以后，还有等你忙好了，再打给你吗？”

“好像有，”他瞧我脸色不对劲，干咳一声，说，“我是说好像有，不确定。”

“不用解释了……”我的自尊心已经被你伤透了。

“不过，你没打电话给我，倒也让我有点在意了……”零君想了想，说，“后来一段时间，好像是我主动打电话给你了。”

“是这样吗？”总算扳回一局的我，开心地笑了。

我就说，没有人能拒绝我的魅力！

“嗯。”零君肯定地回答。

“那你后来不排斥和我聊天？”

“不排斥，有点紧张。何况你是小女孩，我不能拒绝你。”

就这一点来看，零君还真是绅士。

我略有不满：“小女孩？为什么是小女孩？”

“因为你那时候太小了，在我看来就是小妹妹。”

我嘲讽一笑：“那你还有胆子把小妹妹当老婆！”

零君沉默了一会儿，然后说：“不敢。”

15

我对零君总有种莫名的执着。最起我初绞尽脑汁想要接近零君，可不知出于什么缘故，他偏偏对我避之不及。

甚至我找他聊天，他话语里也带有明显的抵触，觉得我目的不纯，班里有那么多同龄的小鲜肉，我一个没看上，偏偏想和他打好关系。

最开始也是我找借口打电话，消除他的防备心，逐步接近他。等聊得好了，光是听声音还不够，我占有欲强，又想约他出门玩。

但从我表哥的朋友口中得知，零君从来不肯和他们出门玩，平时喊他出去打桌球之类的，无一成功。一个是零君不爱和这些人厮混在一块儿，另一个是零君父母去外地工作，就留了他和弟弟在家，他需要准备他弟弟的一日三餐，俨然是个大家长，抽不出空。

常言道，有志者事竟成。虽然难，可我也想尝试一下。

某日，市中心的广场因为节日有摆出一些娱乐设施，比如海盗船之类的。

这样的机会少之又少。国外晚上不会有夜市，人烟稀少，只有在特定节日才会沿街铺就灯火，还有各式各样的首饰摊位，以及各类美食，甚至有免费分发的葡萄酒。

当晚，我就给零君发了短信，兴致勃勃地约他出来：出来玩吗？市中心特别热闹。

我满怀希冀，觉得自己和寻常朋友肯定不同，短信一出，应该就马到成功了。我要做的是与他亲密无间的好友，寻常人所不能及的那种。

结果没想到，很快我就被打脸了，零君冷冰冰地回了一句：不去。

我自尊心受伤，依旧不死心，再询问：真的不来吗？特别好玩，我和我表哥一起来的，还有好多他的朋友。

两秒后，零君依旧不为所动：不去。

我很失望，又有些恼羞成怒，直接把手机塞到口袋里，强逼着自己不去理会。

结果不过五分钟，害怕零君来电听不到似的，我小心翼翼地掏出手机，窥视屏幕——并没有人联系我，可见零君是真的不想来。

我深吸一口气，很快跟上表哥的步伐，前脚刚到游乐场，后脚就见有人骑着自行车从厚重的暮色里匆匆赶来——是零君。

他气喘吁吁地锁了车，走到我身边，问：“想玩什么？”

我恐高，所以就和零君玩了碰碰车。他驾驶，我负责指挥。

那一夜我们玩得很开心，我表哥的朋友似乎对我俩的关系心照不宣，猜到了零君某些隐秘的小心思。然而我比较笨，并没有发觉。

事后，我问他：“不是说不来吗？为什么突然赶来了？”

零君犹豫了一会儿，回答：“你表哥的朋友，我知道是哪些人。我觉得你一个小姑娘和他们出门不太安全。何况，你个子小小的，容易被人骗，还是过去看看比较好。”

嗯？这话听着怎么有点……不对劲。

芭蕾舞鞋

这成长之路，或许是脚踩刀尖过来的。

可知道远方有你，再艰难困苦，

我也还是想奋不顾身地奔向你。

意大利
初恋日记

◇1◇

零君的弟弟就简称一君好了。一君毒舌，喜欢打游戏，在学业上没有零君那么聪明，但是小小年纪，为人处世就特别冷淡。

平时我去零君家里，一君看到我，都会不屑地喊一声："你又来干吗？"

"要你管！"我擅长和一君吵架，平时不和他拌上两句嘴，心里就不痛快。

等到要吃饭了，一君又会问："没煮你的份，你别吃。"

要不是看他哥哥在，我真想削他。

偶尔零君会带我一起玩游戏，人数不够的时候，一君就来凑。

他看我一眼，冷嘲一声："带她玩？就她那脑子？算了，还玩什么，我直接认输了。"

我："……"

犹记得最开始的时候，是我天天黏着零君，一天一个电话，连环夺命 call。

一君是个小毒舌，冷冷地喊："那个女人又来电话了！"

臭小子，嫌命太长是不是？

当然，他怎么都没想到……他当年最讨厌的女人，现在成了他的嫂子。

◇1◇

一君最近和巴基斯坦老司机一起去开车，结果老司机刹车时一个打滑，把他从车窗抛了出去，他摔断了腿。

一君刚做完手术，躺在医院里伤春悲秋，零君就带我去看望他了。

零君掀开盖在一君脚上的被子，指着伤处吓唬我：“平时不注意，就是这个下场，知道吗？怕不怕？要小心一点，我很担心你。”

我忧心忡忡道：“你也是啊，摔成这样也真是见鬼了，一定要注意安全。”

一君看了半天戏，然后冷冷地问：“你们是来看我的？”

感觉怎么有点不对劲……

3

一君断腿以后，在家里的地位瞬间就抬高了——一大早起来，他有打游戏的特权，我却只能看书，不能碰手机；他有零君亲手煮的爱心小馄饨，我想申请吃个可乐鸡翅，都被零君恶狠狠地拒绝了。

我挺委屈的，于是制定了装病计划：

我昏昏沉沉地躺在床上：“零君，我好像生病了！”

他凑过来，触了触我额头，冷笑道：“发烧？还是发骚了？要不要我给你治治？”

让他治？

我打了个寒战：“不要了……”

“那么就起来，快点看书！”

“哦。”计划失败。

4

零君读完高中之后，一君就开始上他哥之前上过的高中了。

结果他哥给各门课的老师留下的“中国人很牛”的印象严重影响了他的身心。

几乎每位老师都会问一遍一君：“你认识不认识一个叫零君的中国人？他超厉害的。”

一君睁着眼说瞎话：“不认识，完全没听说过。”

5

我家热水器坏了，于是我就带了衣服，问零君我能不能在他家洗个澡。

零君刚刚洗完头，擦了擦后脑勺的湿发，说：“可以，你洗就是了。”

当我洗好了，正坐在他床上穿裤子时，他妈妈突然回家了。她目瞪口呆，看了一眼擦头的零君，又看了一眼床上正穿衣服的我，一时间不知道该说些什么。

我怕她误会，急忙解释：“我家热水器坏了，来阿姨这里洗个澡。”

零君妈妈爽快地说：“可以啊，你洗就是了。”

然后，她毅然决然关上了门。

我和零君面面相觑，片刻后回过味来：“她是不是误会了什么？”

一般人看到我这样子，应该也能懂：我只是洗完了在换衣服。但看零君妈妈的反应，她分明是以为零君和我准备洗鸳鸯浴，澡还没洗，可看到家长来了，正掩耳盗铃穿衣服呢。

我扶额，这真是……

6

零君时常思考很多不着边际的问题，说好听一点是居安思危，说难听一点就是杞人忧天。

某日，他翻看了一早上的菌类常识，哪些有毒性、哪些可以食用，他都牢牢记在了脑内。

我瞥了一眼，问他："你看这些做什么？"

零君郑重其事地道："以后被困在山上，我就能喂饱你了。"

我："……"

你成天都在瞎担心什么啊？！

7

有段时间我萌生了养带毛宠物的念头，猕猴正合适，于是和零君碎碎念："我会天天抚摸它，照顾它。"

零君沉默良久后，说："你是在养虫子。"

8

之前去零君家吃饭，由于我吃过了，所以看零君吃。我爱吃鱼和肉，零君爱吃素菜。

正巧零君做了肉炒茄子，他说："你夹一口那个碎肉炒茄子吃吃看。"

我夹了一大口碎肉。

零君脸色复杂，犹豫了好久，才委婉地提道："重点是茄子。"

"……"哦。

9

下课后，我和零君因为午餐要吃什么产生了争执。

零君提议吃意大利面，但是他家只有长条状的通心粉，可我偏爱螺旋形态的意大利面，于是据理力争，怎么都不肯向通心粉低头。

零君气急败坏，问我："长条状和螺旋状有什么差别？用料不都一样？"

"不行！我就是不喜欢长条形，"顿了下，我心生一计，说，"我对长条形的东西过敏！"

10

记得一次，零君和我说："晚上来我家的时候，多带一套衣服。"

我很纳闷，不知他是何居心，就问："你想做什么？难道是要带我去海边？"

"现在是晚上七点。"他言下之意是：请不要有这种古怪的想法。大晚上去海边，是想被冻死吗？

"那你要做什么？难道是想抱着我的衣服睡觉？"

零君是有这种变态前科的人，所以这个猜测很符合实际。他不答话，很霸道地说："有备无患，总之带过来。"

等我到了他家，他已经去洗澡了，我则在外帮他用水煮意大利面，佐料就得他亲自出马了。

不知为何，零君这次洗澡没关门，留了一道小小的缝隙……

出于好奇，我忍不住凑过去想瞥几眼，被零君逮个正着——奇怪的是，他没呵斥我，而是通人情地说："把洗发露拿进来给我。"

“哦。”我羞涩地帮他忙，侧身把洗发水递给他，只听得这厮又说：“近一点，我没戴眼镜，看不见。”

我没办法，只能走近一点，再近一点……谁能想到，零君一肚子坏水，直接拽住我的手腕就把我拉到怀里，我跌入浴帘，被彻彻底底淋了一身水。

啊，我终于知道为什么要带备用的衣服了。

当然，事后还是有补偿的。

零君特意开了一瓶我最爱吃的辣酱，舀了一勺放我碗里。

我颤颤巍巍地问他：“我能吃？”

零君别开头，回答：“吃吧，今晚我什么都没看到。”

天……天哪！这厮今天好得都不像零君大魔王了！

11

之前去零君家吃饭，我们到晚了，只吃了煎包子。

等我们吃完了，零君爸爸问了一句：“都饱了吗？”

“饱了。”

“哦。”他若有所思地点点头，随后端出了卤肉和茶叶鹌鹑蛋……

“……”我无话可说。

零君憋不住了，问：“平时我不在家，你们都吃这么好吗？”

12

每次零君煮好午饭，我就会帮忙拿碗。

他的是最小碗，我的是最大碗。

零君盯着两个尺寸略显不符的碗，沉默了许久，然后只得装作若无其事，继续盛肉丸。

片刻后，他道："我的碗太小了，放不下。"

言下之意就是：快给我换一个大碗过来，别想偷偷摸摸做什么手脚！

可我浑然不知零君这番内心纠葛，握着勺子，欣喜若狂地喊："那就先暂时放到我的碗里好了！"

"……"零君扶额，咬牙切齿道，"你的碗都要满出来了好吗？！"

"哦。"

13

以前我们会约零君出来玩，那时候我年纪不大不小，喜欢跟在表哥身后，学他们上酒吧买啤酒喝，量都不多，基本就是图个乐子，小饮两口就罢休。

或许是零君那时候暗恋我，基本随叫随到，也没有从前那样高冷，喊一句拒绝三回，那样的不近人情。

玩真心话大冒险，我用酒瓶转圈，抽到了零君，他选的是真心话。

有人问他："零君，你是不是喜欢草灯？"

我羞窘，内心深处也有些期待——万一说是呢？大庭广众之下被表白，我要怎么收场？

零君看了我一眼，不知在考虑什么，开口就拒绝："不喜欢。"

我石化在原地，想想也是，我和他也就是好朋友的关系，还没上升到恋人的爱慕地步。

可说不失落也是假的，那种异样的情愫说不清、道不明，在他话音落下时就萦绕心口，牵缠不去。

玩够了，我浑浑噩噩地回到家。零君打来电话，犹豫一会儿，说：“之前都是骗你的，我很喜欢你。”

“喜欢我吗？”

“嗯，朋友的那种。”不知在顾虑什么，零君顿了一下，补充了这句解释。

不管是朋友还是恋人，他没有讨厌我就已经让我足够兴奋了。

14

之前补习班的校长拿到了几张免费的游乐场票，带全校学生去玩了一整天。

我那时候刚出国，胆小，连买东西都不敢，偏偏忘记带钱，没能吃午饭，就一个人干看着。

零君察觉到我的异样，上前询问。我小声拜托他给我买点吃的，随后被他带到一旁的座位上吃汉堡。

我有些窘迫，因为对面坐着不知廉耻地看女孩子吃东西的零君。我好几次想避开他如炬的目光，又被迫和他对视。

这厮一点礼貌都没有，单手撑头，饶有兴致地看我吃完了一整个汉堡。

我羞得要命，很怕吃相丑，给零君留下坏印象。

事后，我问他：“当初为什么要看着我吃汉堡？”

零君笑了一声：“因为看你吃得很香，忍不住想看。”

吃完了，零君不知道打着什么算盘，突然和我说：“坐摩天轮的情侣会一辈子在一起，这是都市传说。”

结果鬼使神差地，我就被零君拽上摩天轮了。

因为我恐高，所以全程没有他想象的那种浪漫的依偎画面，而是我死死扒着栏杆，警告他不要靠近我，不要走动，以免让吊厢晃动。

最后，零君学乖了，直接领我去玩了隧道漂流的射击游戏。

我只有这个是擅长的，因为我一直对射击有浓厚的兴趣。当然，被零君这种戴眼镜的人虐的事情，我们就不谈了。

犹记得那时候隧道很黑很长，窄小到两个人都无法顺利并排而行。

或许是太黑了，气氛又太过于暧昧，在伸手不见五指的环境下，我能清楚感受到零君温热的指尖触上了我的脸颊，仅仅一瞬，又手足无措地避开，生怕被我发现。

是他当时情不自禁想要碰到我吗？

我不懂，所以也没多想。

要不是事后被我提起，零君还以为我从未发现过他的这些小心事。

沙丘白贝

少女情怀总是诗，我的心事必定如潮汐一般，

在月光的牵引下，夜复一夜回旋于沙丘暗礁。

意大利
初恋日记

◇1◇

我以前贪吃，趁零君没在家，拿出冰箱里面的鸡排，先煎为敬。

结果我还没来得及清理残骸，就被零君逮个正着。他冷笑，硬扯住我的手，打算打手心以示惩戒：“还吃不吃？”

我不想轻易服软。这不是一块鸡排的问题，这事关我的尊严。怂了这么多年，我该崛起了。

于是我梗着脖子，和他叫板：“我跟你讲，你只要打我，你就会失去我，你知道吗？”

“哦。”零君了然地点点头。

五分钟后，他失去了好多个我。

◇2◇

零君深谙对付我之道，每次我怒不可遏，开口要说话……

他就会以迅雷不及掩耳之势，塞一块饼干到我嘴里，然后微微一笑：“现在是不是骂不了我了？嗯？”

◇3◇

之前我在零君家，见小侄女吃糖吃得津津有味，我没忍住，蹲下身子跟她要了一颗，放嘴里咀嚼。

表弟看到了，也有样学样，和侄女讨糖吃。

就在这时，零君出现了，皱眉，呵斥表弟：“你几岁了！和她抢糖吃！”

我急忙捂住嘴，挡住了吃糖的动作。

4

我让零君帮忙买一些本子，结果他也如少女怀春一般，抱有自己的小心思，买了情侣款的。

零君羞涩地说：“你那本图案是猫，我这本是狼。”

我仔仔细细看了半天，疑惑地问：“不是狗吗？”

他温柔的笑容在一瞬间就消失了，冷淡地应了一声：“哦。”

5

我陪零君练车。

别人都用后视镜看行人，也就只有他摆弄了半天后视镜，只为了能寻找到一个合适的角度，借以看到我的脸。

6

不知是哪一年我回国了，我又和零君异地恋了三个月。

我在国内闲来无事就出门搜罗小吃、拍拍写真，而零君没我这么享受，他忙着打工，做的都是最累、最脏的体力活，就为了攒车费和学费，有闲钱了还会给我汇钱，担任起养我的职责。

那段时间，我在等一套精修的写真，也和零君提过摄影师会通过腾讯号发我文件。

某日，零君突然给我留言：无意间在你的QQ看到了一个叫“精修2”的疑似病毒的文件，为了保险起见，我先帮你看一下。

我：“……”

这厮惯会找这些冠冕堂皇的理由来掩盖自己真实的目的——想看我照片不能直说吗？

7

我喜欢把自己所了解的事物全部拆分解释给零君听，把他彻底纳入自己的圈子里。

某次，我正解释耽美小说里面攻与受，还有 S 与 M 的关系。

说得起劲，我越发肆无忌惮起来，指着零君说：“你这种人，就是抖 M。”

零君突然低低地哼了一声：“抖 M？”

几乎是在瞬息之间，我意识到了事情的严重性，颤颤巍巍地重复：“应该是？”

零君又逼近一步，轻轻笑起来：“不只是抖 M，还是受？”

“那个……”我结结巴巴，向男色低头，“抖 M 和受都是我！”

“哦，”零君了然点头，“那么，你的意思是，你喜欢被我欺负，对吗？”

“……”

那么，他认为自己是抖 S 和攻？

这个男人，还真是会学以致用。

8

今早我在读者群里闲话家常，大家聊起零君会不会种菜这一事情。

不知何处，有人发问："那零君会种草莓吗？"

零君闻言，轻笑一声，凑近我，咬耳朵："他们是说哪种草莓？"

一时间，我脸颊发烫，心跳也不自觉慢了一拍，内心几乎兵荒马乱。

这厮惯会乘人之危，知道我还开着语音，不能奈他何，怕被读者听出端倪。

9

总有外人想要挖我墙脚，撬零君。

或许是零君性格温柔，也不乏女孩子喜欢他。

假期在外工作时，有女同事想要零君的手机号码，被他一口回绝："不给，我只和我女朋友打电话。"

或许是得不到就要毁掉，那个女同事就特别酸，在一旁暗暗讽刺我，说："我姐姐就是这样，小小年纪不学好，出去恋爱，现在毁了一辈子。"

零君并不理睬她，一声不吭，转身就走了。

10

闲来无事，我满怀期待地问零君："你最讨厌我什么？"

标准答案应该是——我讨厌你过分可爱。

可这厮望了我一眼，慢条斯理地答道："没大没小。"

哦。

11

我和零君说："我好羡慕那种长得漂亮的女孩子。"

“和你一样漂亮的吗？”零君问。

“比我还漂亮的。”

“没有。”零君斩钉截铁地说。

“嗯？”我猛然抬头看他。

“我说，比你还漂亮的女孩子，这个世界上不存在。”

这口糖，真是突如其来的甜啊。

12

今天火车罢工了，我就和零君一起窝在被窝里取暖聊天。

我迅速脱下外套，挤到零君旁边。一到冬天，零君就是个天然暖炉，我总要趴在他旁边睡。

我就着暖意，喟叹一声。

只见得零君目光灼灼，盯着我道：“以前不喜欢你穿露肩的衣服，现在一看，好像也很好看，可能是审美变了。”

我专注地掰着手指，头也不抬地说：“不是审美问题，是你变色了。”

“嗯？”零君冷笑一声，突然拽住我——我用自己的本事推敲出了结论，你……你凭什么揍我？！

这件事的后续就是，我问零君：“如果我穿露肩的衣服出门去跑一圈，你还喜欢我吗？”

零君沉默了一会儿，然后接道：“我在场，喜欢；我不在场，不喜欢。”

还真是简单粗暴，算你狠！

13

之前刚出国，没有语言基础，我在意大利复读了一年初中。但他们的学科知识和国内相差很大，我那时候很颓废，很多东西都送还给老师了，几乎门门挂科。

零君得知了这个情况，他觉得作为我朋友，不能袖手旁观。其实，更多的可能应该是恨铁不成钢，觉得我居然败给意大利人，真是太丢人了。

于是，他会让我每天下午提前一个小时来补习班，先给我补其他功课，之后再照常上意语辅导课。

犹记得那是炎炎夏日，白天在学校上完课，我本就困倦了，下午还要听零君絮絮叨叨地解说，没过一会儿就分神，直勾勾地盯着他的眼睛看。

零君很生气，觉得自己鸡同鸭讲，严厉地说：“专心一点！”

“哦。”我很快回过神来，正襟危坐。

可没一会儿，我嗅着他身上特有的肥皂味，又昏昏欲睡了。据我所知，零君的衣服都是他手洗的，清爽的肥皂味混合阳光特有的干燥气息，总给人一种独特的嗅觉享受，至少我个人非常喜欢。

当然，沉迷香味的后果就是……我又被骂了一顿。

14

零君有一段暗恋我的青葱岁月。那时，他假借补课的名义，霸占着我的时间，不许我接触其他人。

某次背单词，他突然和我提起："如果你背了两百个单词，我就给你奖励。"

"如果没有呢？"

"你就亲我一下。"零君几乎脱口而出，很快他就反应过来，既尴尬又羞涩地说，"我开玩笑，你别当真。"

那时候，我和零君也仅仅是翻译与学生的关系，私交甚好，并没有到恋爱的地步，所以我也没将他的玩笑话放在心上。

何况我心高气傲，对自己的记忆力颇有自信，就挑衅一般答应了："别，就这样，那么一言为定。"

隔天，我只背出了一百五十个单词，自然而然算是失败了。

零君也并不想乘人之危，他正打算揭过这篇，却被我连拖带拽到其他空旷的教室。

做人嘛，自然要愿赌服输。

我把他堵在角落里的阴暗处，凝视了一会儿这个男人。几乎是在瞬息之间，我踮起脚，飞快亲了一下他的侧脸，然后落荒而逃。

15

刚出国的时候，我父母工作不稳定。

那时候，我面临着可能搬家、转校的危机。在意大利转校几乎是家常便饭，就连意大利人，只要觉得所在的学校不好，就会毫不犹豫地转校去另外一个地方，毕竟，他们镇与镇之间都有便捷的巴士和火车，还有许多大学生会早上乘坐一个小时的火车赶往大学，又在下午坐车匆匆回家。

我心情烦闷，和零君虽然只是朋友关系，但也建立了深厚的友谊，所以临近分别时，很是不舍。

上课前，我和零君说："或许我要搬家了。"

零君笔尖一顿，低声问我："去哪里？"

"距离这里，开车要两个小时，总之是很远很远的地方。"

我很沮丧，零君也一声不吭。

片刻后，他拿起圆珠笔，一下又一下在纸上画着潦草的图案，似乎在宣泄内心的烦闷。

傍晚时分，补习学校外头下起了瓢泼大雨。

天气不好，我的心情也一直阴沉。要坐校车回家之际，零君突然走到我身边，伸出手盖在我的发顶——他笑了一下，肆意揉了揉我的头，来了个摸头杀。

当然，最后也是走运，我父母不打算搬家，我也不必离开零君了。

我问零君："如果我真的搬家了怎么办？"

"意大利总共就这么一点点大，再远我都会去看看你的。"

"那你会和我谈恋爱吗？"

"如果你愿意，我还会和你谈的，因为我很难喜欢上一个人。"零君顿了一下，反问我，"你以为喜欢上一个人很容易吗？你可是我好不容易才看上的女孩子。"

我一知半解地点点头，内心想：好像还挺容易的？

打火机

我喜欢你温柔的样子，

又怕所有人觊觎这样好的你。

1

今天我和零君说："我在微博上发了一条转发抽奖的消息，如果转发破八百个人就能抽奖。"

零君有些惊讶，说："那岂不是人气很高了？粉丝都知道你的事情了？"

"也不一定啦。"

我话音刚落，他就嘀咕一声："这下惨了，受形势所迫，我必须要和你结婚了。"

我："……"

明明是自己借机求婚，理由倒找得冠冕堂皇。

2

零君训人的时候很严肃，我撒娇往他身上趴，还会被硬生生扯下来。小意温存没用，我就只能另施奇招。

某次，我忘记我闯了什么祸，零君冷冷地说："这么大的人了！"

为了不挨骂，我下意识接了一句："怎么还长得这么可爱？"

"……"

零君显然没料到我还有一招，一时间也被气笑了。

3

我是眼镜控，当初也是被零君戴眼镜的样子所吸引，总觉得这类人看起来彬彬有礼，性格也很温柔。

零君打算去换副眼镜，和我提了一下这个念头。

我笑得不怀好意，说："你听过一句话叫——眼镜挑得好，老婆回家早吗？"

"你好无聊。"零君颇为嫌弃我那粗鄙的词，过了一会儿，又拜托我，"明天我去取钱，你……可以陪我去挑一副吗？"

4

在我回国的期间，零君特意添加了我国内好友的联系方式。

他一边让我实时汇报行程，一边督促我好友："你好，时间不早了，是不是该带我女朋友回去休息了？"

"……"

我无奈了，看了看手表，明明才北京时间九点。

5

在我回国的那段时间，零君一下班就会给我留言。

"还有三十天，你才会回来……"

"还有二十九天，你才会回来……"

"……"

感觉一离开我，他就变成望妻石了。

6

在我回国的这段时间，零君一个人夜不能寐。

实在没办法，他就抱着我留下来的毛衣睡了整整三个月，还是在炎炎夏日。

7

我现实里没朋友，因为在国外，最开始人生地不熟，就没结交朋友。国外的华人圈和国内不同，很多女孩子家境富裕，早早就帮衬家里做生意，才二十出头，嘴上就挂满了生意经，和人接触必有所图。我曾经也吃过这类人的亏，这导致我不太和别人接触。另一个原因就是我的家庭问题。所以，我的日常交际圈里就零君一个人，他还兼职我闺密。

说来也好笑，零君一个大男人，怎么会养女孩子？我二十岁的时候连自拍技巧都没掌握，因为没女性朋友，化妆也不会。那时候回国一趟，我被国内好友嘲笑穿着打扮粗糙，之后我好不容易才学会了一点儿化妆的手艺。

一旦零君觉得我压力大了，他就按照男孩子解压的方式带着我玩游戏，又或者带我看恐怖片，虽然效果很好，但仔细一想，我总觉得有哪里不对劲……

一般女孩子解压不都是聊八卦、煲电话粥，还有逛街吗？

想到之前回国，朋友打算带我去夜店逛一圈，我出于好奇，就没拒绝。

结果我和零君提及，他反应特别大，连夜从国外打长途电话过来，先是呵斥了我的朋友："我让你照顾我女朋友，你就把她带到那里去？"

朋友被他突然变脸的样子吓得半死，和我面面相觑。

我也委屈，还不知该怎么开口安抚她，就接到了零君来自地狱的电话……好吧，最后就是我根本没在夜店里玩，而是蹲在厕所里被零君从晚上十一点骂到了早上六点。

可见，“零爸爸”担心“女儿”学坏了，担心得要死。

8

有时候，零君的男友力很强。遇到不满的事情，他会下意识抬臂挡脸，低低呵斥我一句：“别过分！”

我支支吾吾：“我只是想引起你的注意而已……”

“这就是你亲我一脸口水的理由？”零君无奈地问。

9

零君其实对待感情的事情很单纯，收到一点小惊喜就会开心到整夜睡不着。

犹记得从前和他约会，等他下线说要睡了，我还在玩最后一把游戏。

隔了五分钟，他又上来了，惊喜地问我：你也开心得睡不着？

我“扑哧”一声笑出来，心想：谁和你一样傻，去约会而已，又不是第一次了，还像个孩子一样兴奋得睡不着！

10

之前我去零君家玩，他递给我一百欧，轻声说：“两次。”

几乎是一瞬间，我的脑海里浮现出某些不可言说的八卦，就是那什么，一个晚上五十，所以他现在给我一百，其中深意，可想而知……

我没想到零君是这种人，狠狠瞪他："不好！"

他愣了一会儿，又从皮夹里拿出二十，说："不能再多了。"

这厮真是太低估我了，我是那种见钱眼开的人吗？

于是，我摇摇头："不要！"

隔了片刻，零君凑过来，屈指敲了一下我的额头，恶狠狠地说："我只是让你帮我缴个费，你都想什么了？"

我捂额头，没……没想什么。

11

零君从来不和别人分享我的照片，也不爱和朋友炫耀女友。

我以为他是嫌弃我不好看，委屈地问他："你为什么从来不给朋友看我的照片呀？是我不够好看吗？"

零君犹豫良久后，老老实实地回答："你是世界第一好看的，只是我不想让别人看到你。"

原……原来如此。

12

我对梦幻的场景都有点偏执，之前看到蓬松的蒲公英，少女心泛滥，蹲下身子摆拍。

零君瞥我一眼，冷冷地说："说白了，这些都是它的生——殖——器。"

我："……"

你走，我再也不想看到你了。

13

说一件零君被我嘲笑至今的事情。

我和零君每晚有睡前煲电话粥的习惯，恋爱之前，有在电话里聊起过初吻的事情。

我问：“你和谁接吻过吗？”

零君迟疑了好久，才说：“有，和一个女孩子，当时半夜偷跑到山上，有烟花，气氛很好，就接吻了。”

我一脸向往，羡慕地说：“听起来好棒啊！接吻是什么感觉？”

“应该是和吃活泥鳅一样，再说了，有什么好棒的！”不知为何，他语气里颇有点气急败坏。

我那时候人傻话又多，听不出零君话里话外的失落。等到恋爱以后，我常提这件事，说零君对那个女孩余情未了，初吻都给了她。

零君实在被我逼急了，无法，只能承认：“都是骗你的，只是这么大了还没和别人接吻过，说出来太丢人了。”

我笑得花枝乱颤，原来这就是所谓男人的自尊心。

14

我想起一件少女心怦怦然的事情。

在恋爱之前，我曾经梦到过较为暧昧的画面，大概是接吻一类的，对象居然是零君，明明那时候我应该没对零君抱有少女情怀。

隔天，我憋着满腹心事，又难以说出口，面对零君探究的眼神，临阵脱逃，说：“我梦到我亲了 Z 君。”

Z 君是我补习班的同学，和零君差不多大，只不过他是学生，零君是帮忙翻译的“老师”。

零君的声音略冷淡，他有气无力地问：“你喜欢他？”

“只是个梦，梦是没逻辑的，我也不知道怎么回事。”我敷衍道。

据零君说，他当时可谓是万箭穿心，从来没有过那样难受的情绪，再看见 Z 君也没什么好脸色，总想和 Z 君一较高下。

过了两天，或许是因为对零君有所隐瞒，良心上受到了谴责与拷问，我就老老实实交代了：“和你说个很尴尬的事情，我那次做梦梦到的不是 Z 君，是你。”

零君语气变得轻松许多，像竭尽全力安抚我，也说：“这是很正常的事情，我也梦到过你。”

我好奇地问：“也是那一类事情吗？”

零君愣了，片刻后，含糊其词：“我的意思是，因为我们关系亲密，所以梦到对方是很正常的事情。而且朋友之间也是有占有欲的，身为彼此最好的朋友，我不许你再和其他人交朋友，我会吃醋，你能明白吗？”

我想了想，回忆起前几天，补习班来了个年轻漂亮的女孩子，校长特意让零君去给她辅导。当时我下楼找零君，听到他们在屋内交谈的声音，也是一阵失落，说不清道不明。于是我直接转身走了，不想触及那样温馨的“师生”画面。

回家后，我也在电话里和零君闹了好大的脾气，他至今也想不透其中缘故。

那时候，我表面上波澜不惊，内心早已是惊涛骇浪。或许我对零君也是有这样强烈的占有欲的，正如他所说的那样。

“我也是，所以你不要教别人科目，行不行？”

“好，约定好了。”

“嗯！”

现在想想，我完全被他骗了——哪个朋友会像他一样霸道，一旦认定了，就牢牢锁在身边！

15

记得很久以前，我和零君还只是朋友关系。

天气很冷，我骑车到一个废旧的小公园，鬼使神差地给零君打了电话：“一起出来写作业吧？”

也不知是出于什么目的，我真的和零君在小木屋里写了一个下午的作业。

其间我们一句话都没说，写好了，就散了。

据说，那次见面的事，对零君来说至今是个谜。

他不知道我找他出门究竟是为什么，估计我只是想看看他吧。

朱砂痣

你是我命里唯一，刚下眉梢，又上心头。

意大利
初恋日记

1

和零君一起在街上走，我突然指着前方，说："前面有垃圾车，我们绕左边。"

零君惊讶地看我一眼，回答："我家小宝贝不可能这么聪明，说吧，你是谁？"

我哑口无言。

他突然轻笑一声，拿捏住我的手腕，慢条斯理地道："那就让我来验证一下吧。"

他明明是想借此机会行"不轨"之事，这个臭流氓！

2

吃完饭，零君突然问我："你最近压力是不是很大？要不要我带你放松一下？"

带我放松？

我的脑海里立刻浮现出了奇异的想法——难道说，零君是要带我打游戏？还是要给我全身做精油按摩？不，怎么可能是这样？或许他是想买零食大礼包送给我？

突然，他拽住我的手腕，指了指浴室。

我震惊了，一边后退，一边结结巴巴地说："这，不……不太合适吧？还……还是不要了吧？"

"嗯？我只是要你去洗个澡而已，你以为我要说什么？"

"没……没什么啊……"

不愧是零君大魔王，这仇我们结下了！

3

偶尔我和零君感慨时光荏苒，彼时我还是个青涩的小姑娘，现在已经快要到适婚的年龄了。

我叹了一口气，望着车窗外的风景，说：“时间过得好快，一转眼六七年过去了，再过两年就要到约定结婚的时候了。我有点害怕，感觉自己还是个孩子，还想再多玩两年。”

零君大魔王瞥我一眼，淡淡然开口：“不用客气，尽情嫁给我。”

嗯……一想到要步入大魔王深邃、阴暗的巢穴，我就瑟瑟发抖呢！

4

晚上洗完了澡，零君突然问：“洗干净了吗？”

我不明就里，疑惑地回答：“洗没洗干净关你什么事？”

“让你来侍寝啊。”他似笑非笑地逗我。

“……”

坏……坏人！

5

之前有朋友和我感慨：“零君真的很好，很照顾你，平时跟你说话也很温柔。我真的很难想象他有对你凶的时候，明明是那么好的人。”

我腹诽：给你这个权利，你可以想象的。

事后，我为讨零君欢心，把这话转述给他听。

只见这男人轻笑一声，说："那你告诉她，是她想错了。我其实……非常坏。"

说这话的时候，他突然凑近我，整个人都笼罩上了一层灰暗的光，魔王气势爆棚。

6

昨晚洗澡时，零君隔着扬声器对我道："我肩上好像被你掐紫了。"

我震惊："可我没碰过你肩膀呀？"

他咬牙切齿道："还不承认！等你来我家，我脱了衣服给你看看！"

这厮居然想碰瓷，看就看！

呃，事后想想，我总觉得有哪里不对劲……

7

零君煮饭时，我会在一侧围观。

他发号施令："给我拿一点酒，还有酱油。"

我："不要，我还是老老实实帮你看锅子吧？防止它跑了！"

零君噎住了，沉默很久后，答道："锅子不会跑的。"

8

我偶尔心情不太好，看见零君也总觉得他碍眼。

我冷笑，嘲讽他："你好矮！"

零君瞥我一眼，淡淡地道："在看着我说这话之前，把头低下！"

“哦。”

9

我最近把手机摔坏了，拿去维修。

零君二话不说，把自己的手机塞给我，自己则用非智能机诺基亚。

我受宠若惊：“这个……”

他轻描淡写道：“网络上的人能不能联系倒是其次，只要能和你打电话就足够了。”

今天的零君，情话也是满分。

10

今天，零君拿了我的手机翻看QQ，啧啧出声：“这么多号都关联我，还说不喜欢我？”

我憋了一会儿，没敢说：“这是你的手机。”——只不过最近借给了我。

“……”他哑口无言，沉默了好久好久。

11

最近，我把零君的内存卡弄丢了，被逮个正着。

他皱眉，神情严肃：“丢了？”

“好像……是丢了？”我怯怯地答道。

“里面有我很重要的文件。”

我仿佛能听出他的言外之意——我这文件价值亿万，你说丢就丢了，总裁我岂不是很没有面子？你看看该怎么办吧！

“应该可以再补回来的吧？”我问。

“补不回来的。”

“怎么会？”我舔了舔下唇，“所以究竟是什么呀？我赔给你？”

他瞥我一眼，嘴角翘起：“你的照片，我存了很久，都是绝版，说丢就丢了，那我现在看什么？”

“……”这厮老奸巨猾，情话满分！

12

最近我和零君看了一部恐怖片，片里女鬼因为男主太渣，可又爱他，两种情绪交织下，选择了一辈子缠着他。

我对着零君道：“渣男，我要每天晚上都来黏着你了！”

“好啊。”零君很爽快地答应了，一点都不惧怕女鬼缠身。

“……”呃，似乎哪里不太对劲。

13

前些天，我仔细想了想，零君和寻常男孩子究竟有何不同。

一群人出去玩的时候，男孩子走得快，我就被抛到了后头。

在那时，也只有零君察觉了，后退几步，朝我伸出了手……

14

我问：“你有没有什么时候很想和我表白？”

“和你在一起的时候都想吧。”零君思索了一会儿，然后继续说，

“看到你和别人在一起的时候，心里会想，明明是我的人，明明只有我有所有权。”

“其实我以前也有想和你表白的时候。”我和零君这样说道。

那天，屋外下着淅淅沥沥的雨，天很冷，风卷入衣服里，我整个人都在瑟瑟发抖。

不知道是不是因为天气问题，我一从补习班回到家，就颓然地背靠在柜子前，给零君打电话。

我情绪崩溃，支支吾吾对他说：“我好像喜欢你。”

那时候我明明连喜欢和爱都分不清，一时意气，居然和零君表达了这种莫名上涌的情绪。或许我对他是喜欢的，但没经历过什么人事，阅历不够，也不能明确判断感情方面的事情。

零君受宠若惊，据说当时又惊又喜。他强忍住心悸的感觉，说：“我给你一段时间考虑，你想清楚了再说。”

他说完，就挂断了电话。

零君没想到我能这么快开窍，抱着被子又是谢天又是谢地。据他所说，之前有段时间因为太喜欢我，他就每天晚上在那里乞求神佛一定要让我喜欢上他。

很快，我清醒过来，上网寻求朋友的帮助。

由于零君那段时间霸占我太多，朋友有怨言，就从中作梗，道：“你这不是喜欢他，你这是饥不择食。你身边也没什么异性对吧？你就认识他一个，当然就春心萌动了！”

我恍然大悟，再也不会觉得愧对零君了，急忙给他打电话，说：“你别担心，我只是饥不择食，不是喜欢你。”

我自认这番说辞完美到无懈可击，绝不会破坏我和零君亲密的关系。

哪里想到，零君听完，沉默了足足五分钟，不知在想什么，最终回了个——“嗯”。

单车恋人

最好的事，莫过于你在笑，我在闹。

1

偶尔，我也会兴起撩一撩零君。

趁他玩《LOL》打排位的时候，我暧昧地朝扬声器吹吹气，吸引他的注意力。

“嗯？怎么了？”零君低低地问。

我露出一个奸猾狡诈的笑容，刻意压低声音，说：“我想说一句影响你比赛的话。”

“你说。”他并不抵触我在他打游戏的时候出声打扰。

“我想和你‘啪啪啪’。”

零君那头急促的敲键盘声马上消失了，隔了好久，他才反应过来，随即轻笑一声，说：“你说吧，你是不是敌军派来扰乱视听的？这句话太影响我了。”

2

零君属于那种务实理财类型，绝不会乱花任何钱。

就连在游戏里，他把钱存入银行后也特地警告我不要乱用，说这些钱得用在以后培育游戏儿女的身上。

闲来无事，我问他：“如果你生活在武侠世界，你想变成什么样的人？”

我原以为他会说意气风发的侠客，或者是谈笑风生的儒生。

结果零君想了想，脱口而出：“敛财的人。”

我一脸难以置信——难道这厮还想发国难财？不愧是阴险狡诈之徒！

3

平时我是让零君帮我玩游戏的号，明明很高级了，可是最近加的好友总会莫名其妙地消失。

我反应过来，这肯定是零君的杰作，于是气势汹汹地质问："平时都没人加我好友吗？"

零君坦然回答："有。"

"那为什么我一个好友都没有？！"

"我都拒绝了。"

4

相传玩《LOL》的时候，男孩子绝对不会放下手上的鼠标以及键盘。

为了验证这个都市传说，我特地在零君玩《LOL》的时候激怒他，踩这个有洁癖的男人的枕头，并且斜卧床榻，挑衅地说："谅你也不敢抛下游戏过来揍我，我不但踩，还要丢哦！"

零君转头，冷笑一声："不敢？打你可比玩《LOL》重要。"

我蒙了："啊？"

说好故事不这样发展的，导演你骗人！

5

先前我和零君玩游戏，他给我练了一个女号，花了很多钱买了游戏里外观最好看的宠物，以及费了特别多的时间打造精美武器，还特意在游戏里面的家养了许多猫咪饰品。

就这样断断续续用了足足两个月，他才准备好一切，就为博我一笑。

之后，我们入了一个游戏聊天群，有人调戏我：有没有人给我一个 FC 号，我要去泡嫂子。

结果这时，零君上线了，发了个“擦汗”的表情。

对方尴尬：哈哈哈，没想到零君在线啊。

我眨眨眼，天真地问零君：“什么是 FC 号？”

“你是法师职业，FC 这个门派可以把你的技能封印，到时你就不能动，任他为所欲为了。”

我恍然大悟：“原来是这样啊！我懂了！”

零君咬牙切齿地警告道：“这种东西，不要懂！”

“哦……”虽然我不知道零君在生什么气，但我觉得乖乖听话准没错。

6

最近我玩游戏没有让零君帮忙练号，可还是没有任何人加我好友。

我心里纳罕不已，问零君：“为什么还是没人加我？”

零君轻飘飘地道：“哦，我设置了要正确回答问题才能添加好友。”

“那要怎么改掉这个设置？”

没想到这厮有这般的狼子野心……

“很难改，不要动了。”

这男人真是每天都有不同的禽兽法！

我无话可说，声音突然拔高：“可是我一个好友都没有啊！”

零君悠悠然瞥我一眼，慢条斯理地回答：“你的号里不是有我和我弟吗？”

不是有我和我弟吗？

不是有我……

和我弟吗？

7

零君最近十分没有安全感，这是我做了很多实验得出来的结论，以下是相关数据：

①

零君以前很糙汉子，他觉得保养是女孩子才该做的事情，男孩子只要清洁到位，面霜什么的都是累赘之物，可以舍弃。

结果最近，零君居然破天荒用了我给他买了雪花霜。

早上等火车，我闻香识美人……啊不，是零君。

我凑近他，一脸满足地说：“你今天好香。”

零君似是小心思被我拆穿，无所适从地抗争：“只是抹了个面霜，就香了？”

我嘿嘿一笑：“你是因为要变漂亮，所以开始擦面霜了吗？”

他干咳一声：“我一直都很漂亮。”

不一会儿后，我攀着零君的脖子，踮脚，亲了亲他的侧脸。

他很享受，可被我看出来了，又窘迫，逃避：“再亲，面霜都要被亲没了。”

他一边这样说，一边又不肯推开我……明明乐在其中嘛！

我就喜欢你口是心非的模样！

不过，他这么注意保养皮肤，应该是害怕他也有“年老色衰”的一天，我会嫌弃他不好看，从而丢掉他吧？

这个男人，还真是异常的敏感呢！

②

零君不只在日常生活中被我抓到了小尾巴，就连游戏里也有诸如此类的端倪。

昨晚，零君突然花了大价钱买了玫瑰，可以给游戏里面的人物增加好感度，到达可以结婚的数据。

他在国外没有人民币，充值不方便，就四处和好友借钱，想要给我准备一份“新婚”礼物。

结果钱不够，他沮丧地说：“对不起，不能给你豪华婚礼了。”

我既心疼，又觉得他这样偏执很好笑，说：“没关系的。”

如期举办了简易婚礼后，零君买了许多烟花，在游戏里布置成花海，放给我看，还在世界上刷屏，说：一颗喜糖换一句祝福。

一般系统给的喜糖可以换钱，没有人会像他这样挥霍。

我心里暖融融的，置身花海里，头顶是稍纵即逝的璀璨烟火，而旁边是来自全世界好友的祝福。

那一瞬，我突然觉得——或许嫁给这个以宠爱我为己任的大魔王，感觉也不赖？

事后，游戏里出现了两个称谓：“零君的娘子”以及“草灯的夫君”。

我觉得太甜了，就问：“要不我摘下来好了？”

零君不开心：“你摘，反正我不摘。”

“……”

很……很好。

8

我和零君玩的这款游戏很人性化，能生孩子，还能搭建自己的家。

零君是女儿控，攒了很久的钱就为了买千年人参道具用来生孩子，性别看运气。

一天，他打算让我服用人参怀孕，可游戏里的小弟们还尾随队伍不肯走。

零君嘴角抽搐一下，沉声说："自觉一点离开，想看我们办事？"

我扶额，这厮说话如此污秽，明明只是吃个道具而已。

小弟们一哄而散，转身，声称绝对不看。

我吃了一颗，没怀孕。

吃了两颗，也没怀孕。

三颗……

我吃了五颗还没怀孕迹象，差点破了游戏记录。

小弟们群嘲："零君，你是不是不行？"

零君大魔王恼羞成怒，把他们全部踢出队伍，美其名曰："你们在，风水不好。"

后来我如愿怀上了，得五天后才能见到孩子出生。

他慈爱地望着我，说道："一定要是个女儿，绝对不要生出男孩子！"

我幸灾乐祸道："性别不是由男方决定的吗？"

零君哑口无言。

我幻想了一下现实里养娃日常，继续逗他："那如果我生了儿子，要帮他洗澡，怎么办？"

"我洗，你不能看。"

"那喂饭呢？"

零君冷笑："他自己不能吃？还想让我们喂？"

"如果他想亲亲我、抱抱我……"

"想都不要想！"

我意味深长地道："你是在吃醋吗？为什么连儿子的醋都要吃？"

"因为你很重要，可能是……占有欲作祟。"

9

到了第五天，零君小心翼翼地接生，结果是儿子。

他怒极攻心，还没来得及发作，只见这小子第一句话就是："我要和娘睡，不要和爹爹睡。"

我瑟瑟发抖，心道：节哀，宝贝，这次亲娘真的保不住你了。

零君不死心，还要生二胎……然而又是儿子。

他处于崩溃边缘，一狠心，打算再来一个。

可游戏里已经有两个孩子了，必须过继给 NPC 才能生第三胎。

临走前，他叹了一口气："还是有点心疼的，毕竟是自己骨肉。"

我惊喜道："你喜欢儿子了？"

"也不算是，只是牵他上街时，他对我说了一句话。"

"哦？说什么了？"

"他说：'爹，你对我真好，我会养你一辈子的。'"

“所以你听了这话，就改变主意，不送走他了？”

零君瞥我一眼：“不，我马上过继了他！”

“……”亲爹。

10

前些日子我和零君闹脾气了，我一边憋着闷气，一边上游戏要离婚。临走前，我打算连遗产都不剩给他，于是花了所有的钱挖宝。

在动手时，我灵机一动，往世界频道发了一句：挖不到 × 诀就离婚！

这 flag 我是立定了的，因为 × 诀是传说级别的宝物，根本不可能挖到。

正当我以为此婚必离的时候，奇迹出现了，游戏里赫然写着：恭喜玩家草灯挖到了 × 诀，瞬间致富！

我目瞪口呆，顺便在本服出名了……

零君饶有兴致地目睹了全过程，戳我：“连游戏都不让我们分开，现在知道错了吗？”

“……”我无话可说。

11

零君对游戏里面的儿子深恶痛绝，他明明是 NPC，说话却句句戳中零君要害。

儿子小恶魔：“你不乖的话，我就不让你娶媳妇。”

零君的确还没娶我，听了这话，怒极攻心：“不乖我就打你。”

隔了几秒，儿子又回：“今天长安城有人结婚，新郎没给我糖吃，我就抱住他的腿喊爹。”

“你再喊！”零君一口血要吐出来，“我才是你爹！”

此事之后，他再也没有丢弃儿子。为了防止他喊别人爹，零君打算养了他。

我蒙了。

12

偶尔，我和零君聊到他的某个男性游戏好友。

我：“他晚上一个人好像很可怜，我们语音聊天要不要加上他？”

零君不满：“那我去他家里。”

“……”

13

我的游戏号注重外观，一看就是软乎乎的小妹子，以至于随便一站就有人勾搭。

这次，是零君上我的号，结果被全区第一的大神搭讪了：“美女，哪里人？”

零君皱眉，回答得快准狠：“浙江，已经有老公了。”

“……”

14

玩游戏，和一群人去打怪。

零君暂离队伍，不知道去做什么任务了，队友喊半天，他都不肯回来。

我火了，喊他：“再不回来就跪搓衣板！”

他瞬间归队。

队友们纷纷鄙视——

“好怂。”

“听到跪搓衣板就回来了……”

“超级怂好吗？”

零君一本正经地回复：“不是本人。”

15

在游戏里和其他玩家抢东西，看谁点击鼠标的速度快。

结果半路杀出个程咬金，把我的东西抢了。

我很生气，正要发作，只见零君把手往前一拦，劝阻我道：“你不要跟单身狗比手速。”

我愣了一秒，瞬间懂了……这厮骂人还真的不吐脏字。

16

零君想游戏里生女儿想了很久，终于生出来了一对双胞胎。

他颇为得意，和游戏里的好友到处说自家小女儿。

他小弟不信，要冲到他家看个究竟，一边说，还一边嘲讽：“你都生了三个儿子，怎么可能生出女儿？我不信。”

零君微微一笑，拉着小弟去国境（可以杀人的地方）杀了好多次：

“我家女儿岂是你能置喙的？”

17

近日，我和零君一起玩《梦幻西游》，他会帮我练号。

电话接通，他自言自语一句：“要不要给你拜个师？”

我敷衍道：“随你啊。”

零君想了许久，坚定地说：“还是不了，拜我为师好了。”

我一口老血喷出来，说：“你还真是肥水不流外人田啊。”

“出师之后，就嫁给我。”他突然说出一句煽情的话，害得我毫无防备地中招，心脏猛地一跳。

这真是……大逆不道！但我喜欢。

18

游戏里，我玩的是奶妈，专门帮人加血。

某次，我得出了结论：“不熟的人，如果他死了，我没救他，他就会骂我。”

因死亡而躺在地上的零君小弟恶狠狠地补充：“熟的也会！”

一次，我挂机码字，忘记游戏里还在下副本，等赶到后，发现已经有队友死了。

对方注重输赢，开口就骂人：“你是不是垃圾，加血都不会？”

零君二话没说，踢人出队伍，再冲杀过去强袭砍人，杀了无数次。

他：“我自己都舍不得说她一句重话，你哪来的胆子骂她！”

19

零君想玩《刀塔》，但是卡，所以只能玩《LOL》欧服。

都是外国人，但他们也有独特的辨认中国人的方式。

一般老外笑都是：“Hahahaha。”而中国人是：“Hehe。”

20

零君朋友催他打《LOL》，他拒绝：“等一下，我先陪小姑娘玩。”

21

最近几天，零君带我玩了《LOL》。

一旦我学会了新技能，他就摸头杀以示安抚；如果我不小心送死，他又体谅说新人玩实属正常。

和零君以及他朋友打《LOL》到很晚，我还处于亢奋状态。

他朋友问：“要不要继续？”

零君淡淡道：“不了，很晚了，得让小姑娘睡觉去了。”

22

某次，我和零君还有他朋友玩《LOL》。我玩的是辅助英雄，他朋友玩的是ADC，也就是物理输出。我需要帮忙妨碍敌军，让ADC顺利杀到人。

照理说，应该是我辅助保护ADC。

结果零君直接来了一句：“保护好草灯。”然后英姿飒爽地冲锋上阵了。

徒留他朋友待在原地，一脸震惊："我是ADC，你让我保护草灯？！"

我："……"

23

零君玩《LOL》抽不开身，我在电话这头抱怨："快点结束了，陪我聊天吧。"

他一边轻笑着答应，一边慢条斯理地道："有什么想聊的事，直说就好了。我负责传道、授业、解惑。"

我一愣，反应过来——听这语气，是霸……霸道和尚爱上我？

24

玩游戏时，我通常会和零君还有他基友语音。

讨论组里有三个人，背着他朋友，我体验了一把新鲜刺激的地下情，私戳他，调戏他，还不许他有反应发出声音。

我私戳零君："背着××，我们偷情吧？要亲亲。"

零君沉默了一会儿，郁闷地答道："你知道什么叫偷情吗？"

"呃，背着别人谈恋爱？做羞羞的事情？"

"你这只能叫偷亲。"他凑过来，微微一笑，"那就亲一下。"

25

零君其实根本没外表看起来那么斯文善良，他内心腹黑，还惯爱欺负人。

今晚，他假借带我练技巧，和我SOLO（《LOL》单挑）了一整个晚上。

游戏全程我就没赢过，被虐杀了不知道多少回。

他乐此不疲，还在电话那头一边轻笑一边问：“被欺负到了吗？”

“……”

“还不认输？”

“至少你得让我杀一回……”我不服气。

他了然点头：“哦，那就别想了。”

说完，他又笑了一声。

谁和你笑啊！禽兽禽兽！

26

我和零君在游戏里闹了一些小矛盾，想要离婚，然而需要三天后才能正式散伙。

前一秒，他还很有骨气地答应了，死也不肯低头，一等我下线，他就默默解除了离婚申请。

我被气笑了：“你不觉得丢脸吗？”

“不丢脸。”他答。

27

《LOL》，我们玩的是欧服，昨天队里有中国人被零君发现了，因为对方说：“Six fly。”

红玫瑰

总想着，你应该是鲜红色的，

浩浩荡荡，触目惊心，

一旦入眼，就再难逃开。

1

零君妈妈对我和对零君不同。

或许是因为家里都是男孩子，她又一心想要个女孩子，所以她对我堪称溺爱，平时我独自出门，她都会絮絮叨叨地问零君半天，担心我的安危。

某天，我看到零君妈妈加了我的微信，特别诧异地问：“你妈妈怎么加我了？”

零君愣了一会儿，然后说：“应该是担心你一个人在 A 城。她这两天一直问我有关你的情况，她很担心你。不过，你的微信，她是怎么知道的？”

说到后半段，他的声音危险起来……

我认真思考了起来——或许，我们之间出现了一个叛徒。

2

从小到大，零君都是给我收拾烂摊子的那个人。

他不许别人说我半句不好，一旦回家，又会亲自管教我，让我苦不堪言。

平时我在他家闯祸，砸碎了碗，他妈妈问起，他就喊：“我砸的。”

我把地上弄得一团湿，零君又高喊：“我放的水。”

我关冰箱太用力，差点把冰箱门拆下来，零君又立马反应过来：“我关的。”

至于最近几天，我不知道在他床上玩了什么，跳了两下把床板跳断了。

零君忍无可忍，在底下垫了砖头，正打算教训我时，他妈妈问起来了："你床怎么了？"

零君咬牙切齿，目光凉飕飕地盯着我说："我跳的！"

他真可谓背得一手好锅。

3

前段时间，我要去A城喝喜酒，而零君去A城过年。虽然他只去了两天，郁郁寡欢，想我想到不行就先独自回来了，但这都是后话了。

临走之前，零君逗他妈妈："喵（我）也要去A城。"

零君妈妈纠结地回答："可我们A城的家睡不下了呀，就四张床，要不……"

零君嘴角一抽，生怕他妈说出什么惊世骇俗的话，譬如让我和他睡一张床之类的。虽然，我和零君躺在同一张床上午睡是司空见惯的事情。

于是，他急忙打断他妈妈："她只是去亲戚家喝喜酒。"

"她有什么亲戚？"

零君心想：她有什么亲戚和你有关系吗？你担心她担心到连亲戚都要管了？

4

零君嗜睡，有事没事就爱补觉。不过这和他的身体有关系，医生也说他必须要多休息，才能养好身体。

平时我去零君家，一不留神就会被他逮到床上去陪他午睡。

不知是什么特殊的爱好，他一个人睡就觉浅易惊醒，和我睡就特别安心，睡得很沉，怎么都醒不过来。看来我还有安眠的作用。

除夕那天，我一大早就去零君家，摸黑爬进他被窝。结果这厮很警惕，两下就醒了，把我按到床内侧，闭着眼嘀咕：“睡觉，别玩手机。”

“哦。”睡到一半，我迷迷糊糊听到房间门被人打开了，随即厨房传来翻炒的声音，应该是零君妈妈在煮早饭。

我睡饱了，一个人爬起来去厨房。零君妈妈招呼我：“还有一点炒年糕，你把它吃了。”

炒年糕的味道很好，是用排骨烧出的汤汁炒的，肉味浓郁。等我心满意足地吃完了，我这才反应过来——锅里就只有一人份的年糕，零君呢？

我转念一想：不对啊，零君妈妈事先推开房间门看过人数，不应该漏了零君那一份的！

我把碗丢到碗池里，三两下跳上零君的床，晃他：“快起来洗（我的）碗，不然你妈妈回来就会说我懒了。你想你妈妈觉得我是个懒媳妇吗？不想吧？快起来洗碗！”

零君被我折腾得快要崩溃了，只能从床上爬起来。

我生怕他不够伤心，急忙补了一句：“对了，我们两个都吃了，你妈妈没有煮你的份。”

零君愣了，嘴里碎碎念：“我是亲生的？”

我犹嫌不够，补充道：“我觉得你妈妈可能不喜欢你吧，你是没有人要的小孩子。妈妈特地看过房间里有多少人的，所以是故意不想煮给你吃呢！”

“……”

零君看了我一眼，又长叹一口气。

5

零君妈妈为了不洗碗，特地煮了零君的晚饭。

等她吃完了，她再喊零君出来吃，顺道让他洗碗。

6

除夕那天，零君妈妈出门了。

家里就我和零君两个人，他忙里忙外，生怕我在他家吃不好。饭煮到一半，他又火急火燎地出门给我抱了一大堆零食回来，说：“别人家孩子都有零食，你也要有。”

7

因为我总是记不住要吃药、吃补品这些，所以就特意买了两瓶补铁的营养品放零君家，想到就去喝一口。

零君妈妈偶然看到了，意味深长地问：“这是什么？给你补肾的？”

“……”零君面红耳赤，心想：这人是不是懂太多了？

8

记得很久之前，零君堂嫂怀孕，因为家里没人照顾，就在零君家养胎。

他家的亲戚都知道我是零君的女朋友，每逢过年、过节还会带我一起去吃饭。

那段时间，零君堂嫂孕吐厉害，我偏偏那段时间犯了胃病，恶心，干呕。

他堂哥开玩笑，说：“要是你有了，零君妈妈得开心坏了。”

“……”我一言不发，这种少妇笑话，作为一个二十岁出头的美少女，真的接不上啊。

9

昨天我和零君一起陪他妈妈去医院。之前说过他妈妈对他很苛刻，但是他依旧对她很好。

零君妈妈之前得了乳腺癌，是初期，所以切除肿瘤就可以了。

那段时间，零君明明是学业最忙的时期，可妈妈意大利语不好，他就翘了足足一个月的课帮她翻译，送她上医院打针，陪她做手术。

我和零君在旁边等医生，他妈妈去厕所了。

于是，我掏出手机，在聊天群里发直播语音：“零君零君，如果我和你妈妈都掉水里了，你救谁？”

零君很累，人高马大的男人靠在我肩上，有气无力地说：“救我自己。”

我不满，又问：“零君零君，你喜欢你妈妈多一点，还是喜欢我多一点？”

“喜欢你多一点。”

我心满意足地点点头。

就在这时，零君妈妈从隔壁的厕所走出来了……

原来厕所就在旁边啊，刚才那些话是不是被听到了？

我急忙正襟危坐，装乖巧。

〈10〉

在零君很小的时候，零君妈妈在产房内问他："妈妈快要生了，你要弟弟，还是妹妹？"

年幼的零君托腮细想了一会儿——如果生的是妹妹也很好，很乖巧，很可爱，但是弟弟可以陪他玩游戏……那么，就弟弟吧！

"弟弟。"他异常坚定地道。

然后，妈妈温柔一笑，真的生出了一个弟弟。

可这个弟弟和零君想象中乖巧、依赖哥哥的类型不同，不但性子野，而且不服管教，最重要的是人特别冷淡，一般不会和零君好好说话，特别傲。

零君扼腕长叹："如果我那时候说要个妹妹，一切是不是会不同？"

我头也不抬地说："别想了，这和你要什么没关系。就算你说要妹妹，生下来的还会是弟弟。"

多明显的送分题啊，老奸巨猾的零君妈妈就是耍他玩啊。

不过再一细想，这难道就是零君从小把我拐回家的理由？！

〈11〉

零君妈妈其实很想要一个女儿，奈何她肚子不争气，一口气生了两个儿子。

再之后，她对自己的两个儿子没什么好感，倒对我一见如故。

我："……"

◇12◇

零君妈妈可能有起床气，一大早就训了零君一顿。

她转身，对我细声细气道："小姑娘吃了早饭吗？"

我吓得愣了一会儿，然后说："没吃，零君没煮……"

他妈妈眼神不善地看了一下零君："那我煮给你吃。"

◇13◇

零君知道我在他家很拘束，喜欢给他妈妈留下好印象，装作优雅淑女，所以也会积极配合我的表演。

某次，我在他家吃青果。

由于这种清明节才做的馒头太小了，一口一个，我又不能吃一串进去，只能矜持地吞了四个，然后不敢再吃。

等零君妈妈转身了，原本慢条斯理吃青果的零君赶紧塞了我一口带馅的馒头，并说："快吃，她看不见。"

"……"我一边含泪吃馒头，一边想：不愧是我男人，果然好了解我。

当然，零君也有坏心眼的时候。

趁我在他家午睡，他会特意用指头戳我脸颊逗我。

我被惹得不胜其烦，张口叼住他手指时，瞥见零君妈妈就站在房门口围观。

我如遭雷击，心想：完了，人设已崩。

于是，我小心翼翼地吐出了他的指头——暂且让你一回。

14

昨天，零君妈妈想收拾一下柜子，碰巧翻到了零君的衣柜，结果里头都是我落在他家里的泳衣以及各式各样的Lolita小裙子。

她目瞪口呆地站了一会儿，只见远处的零君很快赶过来，迅速关上柜门，以后背抵好。

零君妈妈揶揄道："哦，这又怎么了？我才不管你这些。说起来，前两年夏天，你抱着睡觉的那件睡衣去哪里了？"

之前我回国玩，零君一个人寂寞难耐，夏日炎炎六月天还抱着我的衣服不放，被他妈讽刺是变态。

零君面红耳赤，没想到姜还是老的辣，心脏中了一箭。

15

零君妈妈对他的要求很严格，从小就不是鼓励式的教育。

零君七岁就踩着凳子自己做饭，小时候考了全班第一，是98分，他妈妈也不会夸奖他，只抱怨为什么失去了那两分，等到他真正考了一百，他妈妈也只觉得他理应如此。

所以，在零君读高二的时候，他妈妈问他能不能考上重点大学。

零君的分数上Z大没什么问题，但是他以为他妈妈的要求是B大这种，没有完全把握，只能回答："不一定。"

于是，他妈妈在他毫不知情的情况下，擅自帮他办了退学，让他出国做生意。

零君直到被老师告知退学的最后一刻都还在学习，像其他高中生一样为了理想的大学而奋斗。

可以想象到他有多少不甘心，之前辛苦奋斗的一切说没就没了，还要去另外一个陌生的领域重新爬起来。

来到意大利以后，零君依旧没放弃学业，在没有任何意大利语基础以及经济来源的情况下，凭借自己打工挣的钱坚持重读了意大利高中还有大学。

在那期间，亲戚朋友不支持他，因为家里世代经商，觉得他不是留学生，学校里不会给他特殊的待遇，学业标准是和其他意大利人一致的。他又没语言基础，即使有天赋，读书也不太现实，甚至父母也扬言要逐他出家门。闹得厉害的时候，零君连火车站都睡过。

但他还是坚持下来了，到了现在，一切都柳暗花明又一村。

真要说的话，零君这么坚持也有一点原因，是我在和他恋爱初期就和他说过："我家人喜欢高文凭的读书人，所以想抱我回家的话，就努力下去吧。"

也许就是这么轻描淡写的一句话，让他认了死理，偏执到现在。

不难看出，零君对我的爱有多深。有时候我也会觉得惭愧，我何德何能，让他为我死心塌地到这个地步？

前些日子，零君试驾遇到了考官的歧视，遭遇了不平等的待遇，导致没过。

零君妈妈冷嘲热讽，觉得他在找借口，并且不会提供之后学车的费用，让他自己想办法。

零君坐在椅子上一声不吭，我不知该怎么安慰他，就凑过去，把下巴抵在他的发顶，低声说：“别担心，我们再考一次。”

话音刚落，他的眼泪就下来了。

我故作轻松地笑话他：“怎么突然就哭了？”

零君没有抬头看我，眼泪“啪嗒啪嗒”掉在裤腿上，留下一个个深浅不一的小坑。

他闷声闷气地回答：“被你温暖了。”

我在心里笑他傻。

即使全世界与你为敌，我也会陪在你的身边，不离不弃。

你的名字

世上再无比你名字更动听的情诗。

意大利
初恋日记

1

冬天，我最喜欢的事情就是窝在零君被窝里，懒洋洋地看电视。

隔了一会儿，零君拿起外套走近，许是怕我着凉，恶声恶气地逼我穿。

“不要，这样舒服。”我义正词严地拒绝。

“速度！”

抗争无果，我搔首弄姿，希望他能看到我不穿外套有何等的魅力。

几分钟后，零君瞥我一眼，说：“你以为自己这样很性感吗？快起来穿衣服！”

“哦。”

2

和零君聊到了什么事情，我把掌心抵在他的胸口，问：“你的小心心不会很痛吗？”

零君握住我的手腕，扯下，傲娇地说：“别碰我的小心心。”

“……”

3

晚上我不肯睡觉，零君说：“想象一下，我就在你旁边，你一翻身就能抱到我，一起睡。”

我想了一会儿，零君就在一侧，触手可及……等等！

我：“我为什么要想着你？”

他嘴角微勾，轻笑道：“你不是一直很憧憬这样的事情吗？”

咦，这厮……

“……”少诬赖我！很明显，没有！

4

一次，我和零君坐在火车上，他突然竖起食指，说：“我有一个小秘密，但我非常害羞，绝对不会告诉你。”

闻言，我很好奇，反而忽略了他话里诡谲的部分：“那我也有一个小秘密，你知道我手上的伤口是怎么来的吗？”

“你真的有小秘密吗？不是为了骗取我的话而捏造的吧？”

我：“真的有！”

“哦——”他拖长话音，“其实我没有秘密，不过你可以说你的秘密了。恋人之间是不能有秘密的。”

“……”算……算你狠。

5

以前发生过一件非常丢脸的事情，我至今仍记忆犹新。

某日，我想展现一下个人魅力，粗暴地狼吻零君，坐在他腿上，对他为所欲为……

就在这时，我的“姨妈”不期而至，染了他一裤子。

我尴尬、羞愧，恨不得钻到地缝里去。

也只有零君这个小没良心的，看了我一眼，“扑哧”轻笑出声。

我能怎么办？我也很无奈啊！

6

和零君一起散步，我低头一看，发现鞋带松了。

于是我一边抬脚，一边做柔弱状，撒娇道：“哎呀，我的鞋带松了，要怎么办呢？”

零君瞥我一眼，无动于衷，冷冷道：“自己系起来，还能怎么办？”

我语塞：“哦。”

这厮一向不解风情。

又一次，我的鞋带松了。上次零君很不解风情，我一直耿耿于怀，不，是怀恨在心，这次怎么也要拿下他。

于是，我撒娇，抬脚：“零君，我鞋带松了，帮我。零君，帮我！”

他不为所动，看我一眼，冷冷道：“自己系！”

我单脚跳着追上去：“你系，你系，零君帮我系。”

他叹了一口气，无可奈何地蹲下身子……就在他即将触到我鞋带的那一瞬间，我收回了脚。

零君忍无可忍，起身，头也不回地走了。

——似乎，这次我真的惹到他了……

7

我问零君：“刚恋爱的时候，你有想哄我叫你老公吗？”

零君腼腆地侧头，眨了眨眼：“嗯……肯定有想的。”

“那为什么都没喊我叫？”

“感觉一开始就让女孩子喊老公，是很不负责的行为。何况……”

他顿了一下，略羞涩地道，“当你老公的体力是够了，能力暂时不足。”

“……”臭……臭流氓！

8

昨天，零君陪一君去医院拆线，很晚才到家。

我一直在等他回家打游戏，此时，有朋友回我：“他肯定是和别的小姐姐去吃好吃的了！”

我震惊，手足无措地道：“吃好吃的居然都不带上我！”

好吧，我的重点全错了……

9

今天我去找零君玩，他很累，赖床了一会儿，让我去煮泡面吃。

我兴致勃勃地跑到厨房，烧水，煮面，又去厕所洗脸，结果一没注意，把袖子打湿了。

我焦急大喊：“零君零君，我袖子湿了！”

零君给我找了他的长袖衬衣换上。

隔了一会儿，我又大喊：“零君零君，我把醋倒在裤子上了。”

他深吸一口气，气得爬起来，又迷迷糊糊去给我找睡裤……

10

中午，我忘记因为什么事和零君闹脾气了。

我把头埋在被子里，不理他。

零君突然凑上来，说：“算了，你亲我一下，我就原谅你。”

我不听，心里还很委屈，凭什么要我道歉！

哪里知道他居然使阴招，强行凑上来亲了我一下，说：“既然你亲我了，那我就原谅你。”

我捂住嘴，一脸难以置信：“你还能更不要脸一点吗？！”

11

零君帮我拿外套赶路，我在后面追。

走了两步后，我发现地上有钱，于是低头一边捡一边跑。

“零君，我捡了好多硬币！”

零君看我一眼，叹气道：“从你衣服口袋里掉出来的。”

“哦。”

之后等火车，零君一直望着另一侧的方向。

我不满：“为什么你要看那边？看我不好吗？”

他笑了：“万一看你看得太入迷，错过火车怎么办？”

上了车，看到一对情侣接吻，零君说：“我们也要模仿一下吗？”

我面红耳赤：“……”

你还能更无耻一点吗？

12

中午我和零君一起吃饭，途中，他突然嘀咕了一句：“炸豆腐味道很好，我好像更喜欢吃这道。”

我摇摇头：“是你别的几道菜煮得太难吃。”

零君瞥我一眼，目光如炬：“哦？暴露了？嫌我做菜难吃？”

"……"

13

零君喜欢带我出门吃饭，逛一逛公园。沿草坪走的时候，他突然问我："我重要一点还是薛之谦重要一点？"

我灵机一动，这种问题我怎么可能答不出来呢？说情话，我可是个中老手。

于是，我想都没想，直接道："你重要！"

哪料到，他冷冷地挥开我挽着他胳膊的手："他跟我居然有可比性？"

"……"算……算你狠。

14

记得很久之前，我和零君等人一起出门玩。

过马路时，我没怎么看路，还是红灯状态就准备闯过去。

就在这时，有车从左侧开过来，零君直接冲上来挡在我旁边……也幸好那辆车刹车够快，没造成什么危险，只是车主摇下车窗破口大骂。

我神经粗，心思没零君细腻，笑了笑，就继续追其他人去了。

唯有同行的表姐看出了一点端倪，估计已经猜到零君暗恋我了。

她问："你不骂她？"

零君瞥了一眼远处玩得开心的我，摇摇头："算了，她开心就好。"

15

以前，零君妈妈在圣诞晚餐时偷偷摸摸看了我以后，和零君私底下讨论："小姑娘会不会有点矮？"

零君不算高，不过和我还是相差十八公分左右，我看起来就只到他的胸口。

他妈妈犹豫一会儿，又委婉地说："以后要是你们生……"

零君当机立断反驳道："你和我爸也不高，还不是生下我这样高的？"

按照他的意思是，以后繁衍后代，应该也会有个子较高的孩子？

可当时我和零君还没开始恋爱啊，顶多就是眉目传情！这厮居然连孩子都想好了吗？！摔！

16

好几年前，意大利有一次雪灾，雪厚得把门都堵住了，漫山遍野银装素裹，白皑皑的一片，所有火车都被封道，无法通行，学校也罢课。

于是，我和零君约好一起去公园打雪仗、滚雪球玩。

那时候我们还是朋友，我又是贪玩的性格，根本没设什么男女大防。

玩到一半，零君突然诱哄我："过来，给你看一样东西。"

我小心翼翼地走过去，觉着这厮有诈，又看不懂他那捉摸不透的笑容，只能傻兮兮地跟了上去。

还没走两步，零君突然把我拥到怀里。

我心跳加速，像遇到敌军攻城一般慌乱，忘记了挣扎，也不知道这是什么路数。

突然，他一扯树枝，大片的雪落下，把我们两个人都结结实实地盖住了。

呃，原来是打雪仗的诡计啊！害得我还心猿意马，多想了些什么……

17

据零君说，他原先只是把我当作妹妹在养。他觉得我天真烂漫，又不谙世事，很怕有坏人把我拐跑了，所以我交朋友就由他严格把关。

结果养着养着，他哪里都不放心，索性把我收入囊中，自己照顾好了。

按照他的话说："把你交给别人，我都不会放心的，还是自己养比较好。至少我绝对不会辜负你，也绝对会对你好。"

"……"这真是肥水不流外人田的最高境界。

绅士

为你脱胎，为你换骨，

为你披上绅士皮，

也为你撕裂这层衣。

1

零君很喜欢给我灌输他家人有多喜欢我的言论，从小到大，他从来不说“我妈妈”，而是称“妈妈”：

“妈妈说明天给你炖鸡汤喝！”

“妈妈说让你明天来家里吃饭。”

“妈妈觉得你是我的跟屁虫。”

诸如此类，我偶尔都被他带偏了，脱口而出：“妈妈明天在家吗？”

明明我和他还没好到那个地步呢，哪能叫妈？这个居心叵测的男人！

2

之前，零君的堂嫂来家里吃饭。

一般人看见同辈的女朋友都会夸漂亮、温柔之类的，只有看到我，零君的堂嫂第一句是：“我觉得草灯好像又长高了？前几年小很多。”

长高了，长高……了……

恕我无话可说。

3

零君家曾经来过一个亲戚，说是暂住几天，但很喜欢使唤零君。

我怒不可遏，为零君打抱不平：“总有种自己的狗被别人干了的感觉！”

零君似笑非笑，说：“你的意思是，你喜欢被狗干？嗯？”

4

偶尔，我和零君打电话的时候，他身边会有人。

他小侄女惊讶地问："叔叔，是谁在和你说话呀？"

我屏息以待，觉得这下尴尬了。

零君笑了一声，和她解释："是你阿姨哦。"

5

我对于零食的偏执程度不是一般人可以想象的，所以我常常为达目的不择手段。

以前我和零君耍小孩子脾气，关了手机，拉黑了他的企鹅号，一个人开始在冰箱里翻零食——为疗情伤不择手段，吃了一桶冰激凌，还有几包棉花糖。

毕竟，恋爱的时候，吃零食需要和零君汇报，失恋不用。偶尔我在打电话时偷偷吃几颗糖，也能被零君从含混不清的话语里听出端倪。

大约过了三个小时，我脑中灵光一闪，想到还有一盒从未开封的新款酸奶放在零君家的冰箱里……这可怎么办呢？我也不是那种会随意浪费零食的人。

于是，我想通了，开机。

零君焦急地再度拨号过来，说："你一个人关机这么久，是不是在角落里偷偷哭？"

我含糊其词道："也没有啦……"

实际上，我知道肯定会和好，只是想借机达到一些自己隐秘的小目的。

虽然我当晚就被拆穿了，下个月的零食也休想再买了。

6

最近，馋虫上脑，我背着零君偷偷吃零食。

零君在后头偷偷盯了很久，在我喜不自胜的时候，阴森森地开口：“吃得开心吗？”

我结结巴巴道：“没吃。”

“还装。”

既然被发现了，我也只能使用破釜沉舟这一招了。我拿起小饼干，贿赂他：“要不然你也来一块？”

既然上了我的船，那就是我的人了，之前的事情就一笔勾销吧。

“不要。”

贿赂失败，我卒。

我怎么能就此放弃呢？这不是我一贯的为人处世风格。于是我再度鼓起勇气，双手把零食全部呈上：“那都给你？”

“不要。”

被他这样三番五次羞辱玩弄，我也是气急攻心了。但是我不敢想象这样听之任之的后果是什么，只能坚持不懈，再创奇招：“那你想怎么样？”

零君今天很好说话，他打量我很久，然后低低开口：“如果你真的想瞒天过海的话，那就肉偿？”

没想到零君是这样的人，我以前怎么没看出来？是我看走了眼，一直对他抱有幻想……

要是早知道他这么好说话，肉偿几次算什么！

7

可能是白日里和零君相处时间太多了，我几乎每晚都会梦到他，他也是一样。

记得有一次，我做梦了。

在梦里，我和零君并不算什么熟人。他是一家电器铺子的老板，我家热水器坏了，需要找人修理，他就自告奋勇约定了修理时间。

就在临近修理日期时，零君突然打电话联系我："你家的热水器可能需要维修一段时间，如果不介意的话，我等会儿就赶过去。"

我没想到修理铺的老板会这样尽心尽责，雀跃地说好，再一看闹钟，又忧心忡忡道："但是现在已经晚上十一点了呀，老板你过来的话，没问题吗？"

零君含糊其词，挂断了电话。

当晚，他只花了半个小时就修好了热水器，假借没车在我家留宿了。

梦里的我傻呆呆的，没反应过来发生了什么。一起床，我回神一想：不对啊，零君是不是趁机占我便宜了？

这厮在梦里也这样禽兽不如！

8

零君也梦到过我。

他很喜欢中国历史，以及日本战国时期的历史，平时爱玩策略类型的单机游戏。

有次，他梦到自己是一名隐居在深山老林的隐士，本人还是颇具仙风道骨的类型，堪比诸葛孔明。

不知过了多久，有刘备……啊不，是类似君王一类的人登门拜访，渴望邀请零君下山做军师。

零君一个人隐居惯了，不肯踏入俗世凡尘，就拒绝道："承蒙主上厚爱，鄙人愧不敢当，主上还是请回吧。"

君王捋了捋胡子，依旧乐呵呵地说："只要阁下助我，我愿将公主下嫁于你。"

零君愣了一会儿，在梦里也瞬间想到了我的模样，俯身再度拒绝："我心有所属，还望主上莫怪。"

"哎，别拒绝得这么快。"君王显然也是过来人，三两下堵了零君口里喋喋不休的"使不得"。

他拍了拍手，很快就有穿艳丽长衫的女人从屏风后款款而来。

零君看了一眼，眼睛都看直了——那可不就是风华绝代的我吗！

这厮见色忘义，翻脸比翻书还快，立马就跪到未来岳父面前，膝行恳求："请主上务必将公主嫁于我。"

君王也懂拿乔啊，呵呵一声笑道："阁下方才不还说不要吗？"

"我愿助主上一臂之力，请务必将公主下嫁于我。"他又磕头，以示忠心。

最终不知他使了什么手段，很快他就和我大婚了。

新婚夜，这厮酒喝得不多，刚爬到婚床上就被我指着他某处吐槽："你这好像中看不中用啊。"

零君脸红，自觉深受侮辱，反驳道："试试就知道。"

之后他就忘记具体发生什么了。总之，零君说他最后一统天下，还生了好几对儿女，他就是想近我的身，都有护花使者儿子挡着，实在可恨。

他睡醒了，满脑子的念头就是：这辈子绝对不要儿子，绝对不要！有女儿就足够了，男孩子简直就是噩梦！

他阴森森地说："如果可以的话，以后我帮你接生吧。"

我震惊："你不是想去内科吗，还是去当家庭医生来着，怎么现在又想去妇产科？"

"总觉得这种事不能经过别人的手。"

"只有这个目的？"

零君憋了一会儿，老老实实地说："如果生出来的是男孩子，我就把他塞回去！"

我无奈了："……"

9

零君从来没有少女心，我问他："如果你喜欢的人喝醉了躺在你的床上，你会怎么样？"

我满心期待他会说出一些令人感到羞涩的言论，哪想到，他沉吟一会儿，盯着我，语气危险地说："我会揍她。"

我会揍她……

会揍她……

10

零君也会玩小浪漫。

意大利的冬天太冷了，还没到十二月就天寒地冻。

我一旦去零君家，就会不脱外面一层裤子，直接往他被窝里钻。

零君一边嫌弃，一边把我捂严实了，紧紧搂到怀里。

大概是气氛太过暧昧了，他突然将被子盖过我的头，四周暖气萦绕，目之所及都是黑漆漆的。

零君抵在我脸颊上，轻声开口："好了，我现在要吃掉你了。"

这样的感觉太怪异了，我浑身发烫，整个人蜷缩着，瑟瑟发抖："你是虫子吗？"

"虫子？那你怕吗？"

我沉默了许久，决定破釜沉舟，一举掀开被子，高喝："那就冻死虫子好了！"

零君也不出声了："……"

11

偶尔我会和零君一起回忆童年趣事，我感慨："那时候年纪小，很憧憬父母的生活，就找男孩子玩过家家，扮演爸爸妈妈，还躺在同一条被子里装睡。"

零君的语气危险了起来，逼问："没做其他什么？"

我没想到这厮心思污秽，居然以小人之心度君子之腹，肆意揣测我内心想法。

“当然没有，那时候才多大？！什么都不知道！”

“哦，”他头也不抬，回答，“那我中午回家教教你吧。”

“……”等等，怎么听起来不太妙？

揭过这篇以后，我又感慨：“以前在国内，我对学霸总有种莫名的崇拜心理，我记得我好像对初中还有小学的数学课代表有好感。”

零君阴恻恻地答了一句：“我一直都是第一的。”

哦，言下之意，我懂了。

不过，这种陈年老醋也吃啊？

12

初中时期，英语读后感我都不会写。

我请求零君支援，却被他毅然决然拒绝了。

我不死心，提议：“我们一起写？”

零君轻笑一声，嘲讽意味十足：“你好意思这样说？一起写，到最后还不是我写？”

算……算你狠。

13

零君以前并不好看，长了青春痘，还虚胖，估计很多女孩子不喜欢他这种类型的。

但我没嫌弃过他，觉得他人好，一直喜欢亲近他。

在我十七的时候，我患了水痘，因为有重要的考试，我出门暴晒，所以没保养好，浑身上下都留下了黑色的小印记，一直无法消除。

那时候我很自卑，一直觉得会被零君讨厌，而他逐渐变好看了，渐渐地我们之间的差距也大了。或许是因为当时我对他很好，他也从没有抛弃过我，一直夸奖我、鼓励我，让我变得自信。

直到现在，我已经忘记了身上残留疤痕这个事实。

没错，我就是世界第一无敌美少女。

14

记得没恋爱的时候，零君和我说过他是少数民族，有特别的结婚习俗。

他说："男孩子需要去女孩子家里帮忙做家务，娶女孩子过门的时候，男方需要用八仙桌把女孩子抬回家。"

当时我也不懂他为什么和我聊这些，只知道脸颊一直发烫，心跳也不由自主地变得很快。

现在一想，这厮目的不纯啊。

15

还没恋爱的时候，我和零君就特别合拍，彼此都是最好的朋友。

我常常和他撒娇，开玩笑："我很喜欢你！"

这个"喜欢"没有暧昧成分，更多的是朋友间志趣相投的喜爱。

初次听到这种话，他愣了一会儿，探究地望着我，眼神很复杂。

对上他意味深长的目光，我才反应过来——说者无心，听者有意。

我面红耳赤，一下子结结巴巴地解释："不是那种喜欢，我喜欢你，是朋友那种喜欢！"

后来一想，这不就是表白吗？男女朋友也是朋友啊！

不知道零君会怎么看待这样直爽、奔放的我，他会不会本能地因为不适而厌恶我，连朋友都做不成？

那时，我对零君还未曾产生朦朦胧胧的爱慕思绪，或许有一点儿近似爱恋的情愫，可因有一层挚友间纯洁的友谊束缚，我寸步难行，不得不保留所有零散的、往零君那方靠拢的爱慕情感。

——绝不能逾越雷池半步，否则会死无葬身之地。

我不想失去零君，不想连朋友都做不成，不想在他身边无立足之地，那么就得安分守己，不该想的千万不要想。

那时候不懂的东西，现在我统统懂了。

或许我早在第一眼见到他的时候，就被他身上源源不断的暖意吸引，如飞蛾扑火一般，奋不顾身地朝他狂奔而去。

我想得多了，视线又回到零君的身上。

我头都不敢抬，手心也一直出汗，如有针刺在毛孔里，蜇得生疼，还有不断蔓延的毒素，带着湿热，遍布四肢百骸。

怎么办？他不答话，是因为讨厌我了吗？

我紧张地再补充一句："真的是开玩笑的……"

"我知道，"零君脸上的表情淡下来，很快，他微笑着答我，"我也喜欢你。"

"喜欢……我？"我眼睛发亮，看见了星辰大海，光芒在眼中流转。

"朋友那种喜欢。"不知他是真心还是假意，也不知他是说实话，还是借假话说真话。

但在那一刻，得到了朋友认同的我无比开心。

我雀跃地重复："我也是，也是朋友那种，很喜欢，很喜欢你！"

烟火

一直以来，我有一个愿望，

那就是能和你手牵手，

坐在浓重的夜色里看人间烟火。

意大利
初恋日记

◇1◇

昨晚做梦，我梦到了日常欺负人的大魔王零君。

犹记得当时他在一旁吃饭，有酒有肉，吃得很香。

我一边抹泪，一边写英语作业，写了大概七七四十九天，终于到尾声了，我的内心突然变得柔软安定、一片祥和……

就在这种气氛里，我画下了最后一个句号。

直到零君看我一眼，轻笑一声，说："那再教你一周好了。"

语毕，我活生生被吓醒了。

◇2◇

某日，零君早起煮饭。察觉我懒洋洋走出房间门时，他忽然回头，冷声说："我昨晚做了一个很不高兴的梦，所以等我煮好早饭后，我要揍你一顿。"

我脊背发麻，委屈地撇嘴——你做梦，打我干吗？！

◇3◇

闲来无事，我就想在语言上调戏零君。

我问零君："如果在古代，你是我上司，我是你下属呢？"

"女孩子是不能入朝为官的，发现会被'咔嚓'的。"零君郑重其事地说。

"那如果我是女扮男装，这是我的秘密呢？你会帮我保守这个秘密吗？"

“会，但前提是，你会献身吗？不献身，我为什么要帮你？”零君饶有兴致地问。

我问：“那你知道我是女孩子，要怎么暗示我，你发现了这个秘密呢？”

“应该会说一些意味很强的话，譬如‘你知道会被杀头的吗？这是欺君之罪’，又或者把你带到家里喝酒，喝醉了，比较要好的同僚都是同榻而眠的，喀喀，应该会帮你脱外袍之类的。第二天，不用我讲，你也会知道被我发现了。”

我不解其意：“为什么我会知道了？”

“因为你衣服被我换了，鞋子也被我换了，你说呢？”

如果是这样的话，我肯定会心虚，随即紧逼零君，追问：“你是不是发现了什么？”

零君故弄玄虚，回答：“哦，什么都没发现。”

随后，他又说：“如果你这都发现不了，那你太迟钝了，我就没辙了。”

我说：“还有呢？你还会怎么样？”

零君慢条斯理地说：“如果要说真的，我肯定会用尽千方百计让你辞官，可能会用一些小手段。到时候你孤苦伶仃一个人，我就会装好人把你收养到家里，实际上内心很开心，已经完成了计划中的一步了。最后我把你放家里养起来，喀喀，你肯定会觉得丞相大人最好了。等一下，这样一说，我好像是伪君子。”

“你本来就是！”

“又或者，那时候我和你，还有其他同僚一起去酒池肉林的地方享受。大家都在那什么的时候，偏偏你很矜持，被发现端倪。我当时是比较洁身自好的类型，见你有难，肯定会帮你解围的。最后你知道被我发现了秘密，我就力劝你辞官，远离朝堂。因为我救了你，所以你肯定心怀感激，就以身相许了。”

我：“……”

这厮一肚子坏水，还真是零君大魔王！

4

有一段时间，我不知道看了什么，总之就是“魔鬼的契约”之类的。

我竖起小指，凑到零君面前，郑重其事地说：“和我签订契约吧。”

零君不置可否，挑眉：“签下了，你的所有权就归我了。”

我摸摸下巴，思考了半天，总觉得这是一笔亏本买卖，于是补充条款：“但是我有附属条件，你得对我超好。”

“可以。”零君很果断地答应了，这让我难以置信。

我迟疑地和他拉钩，只听得他说：“哦，你好像没看清楚契约的最后一条，附加条件解释权利归男方所有。”

我大惊失色：“啊？”

所以，只要他觉得对我好的方面，那就是好咯？

早就料到了，这厮有诈！

5

赶火车的时候，零君望了一眼天空，突然拽住我的手腕，忧心忡忡地说：“昨晚我夜观天象，似乎会有一场暴雨来袭。嗯，总而言之，不适合长途跋涉。你还是在我家，哦，不，还是在我家的客栈休息一晚吧？”

闻言，我瑟瑟发抖，总觉得这厮心思狡诈：“不要，我总觉得是黑店。”

6

一日，我说：“如果我变成猫了，你会找新的女朋友吗？”

“那就要看你变成什么样的猫了。你是那种晚上能变成人的猫吗？”零君意味深长地问。

这厮在想什么，我太清楚不过了！没错，就是那种想法。他就是那种道貌岸然，实际下流无耻的男人！

我咬牙切齿地回答：“如果我不是那种晚上会变成人的猫呢？”

他拖长了声音，故意试探我的反应，过了好半晌才说：“我不会的，因为你还是我喜欢的人，变成猫又怎样？”

“但是你会不会欲求不满啊？”我委婉地问。

“放心，前十几年我也是一个人过来的。”他语气颇为不善，我总觉得他是被我揭了老底，这时正恼羞成怒。

“那你会好好照顾我吗？如果我不让你接近漂亮的小姐姐呢？”

“我肯定会好好照顾你的，说了只有你。何况，我为什么非得找漂亮的小姐姐？”

我纠结地问：“那你还想找漂亮的小哥哥？”

“……”零君哑口无言。

“那如果有一天，我带了一只公猫回家，你会吃醋吗？”

“就地打死。你都说只喜欢我了，还带其他野猫回家？”

我陷入了沉默，这个画面越来越诡谲了，我竟然都不敢多想。

我：“那你会借酒消愁吗？”

零君哑巴了，好久以后才答：“放心吧，你不会有出门的机会，我会把你关家里的。”

我一时间居然有点怕，这难道就是传说中的囚禁？

没想到零君大魔王狠起来，连猫都不放过！

7

其实我是真的笨，学东西很慢，要一板一眼去记理论；反应也很慢，不管什么事情发生了，我还得缓个几秒才能读取完信息。

但零君就是觉得我在装笨，吸引他的注意力。

某日，我忧心忡忡地说：“老师说，孩子大多数会遗传妈妈的智商……”

他刚要开口，我又打断他：“那怎么办？我就颜值高……”

8

最近作业很多，我问零君：“别人家情侣都是玩围裙 play，还有女仆游戏，你想不想玩师生 play ？”

零君不置可否。

我微笑着，把作业全部拍他桌上：“那么，游戏开始，不帮我把作业写完，我们就分手！”

他瞥我一眼，意味深长地弯起嘴角——看起来底气很足嘛。

但很显然，零君是不会帮我的……

9

或许是零君觉得陪我做题比较“平易近人”，所以，在他教了新内容之后，他都会在一侧跟我一起刷题。

前些天，他迅速做完了题目，用手遮住了答案，侧头逗我：“我这里有全部题目的答案，只要你好好配合我一个晚上，我就给你抄，怎么样？”

我不为所动：“才不要！”

零君不慌不忙，继续诱哄我：“真的不要吗？差这几分就不能上好的大学了，你确定要放弃这个机会？”

这厮不知道是不是最近看多了阴谋论的电影，恶霸台词信手拈来。

虽然有点动摇，但我依旧摇摇头：“反正我不要抄，而且我这么好看，考不上好大学，还可以用脸吃饭嘛！”

“算了，给你看。”零君似被我惊世骇俗的言论吓到了，赶紧松手，逼着我抄答案。

嘀，跟我比？道行还太浅呢！

10

下午我去零君家，他正好在学习。

我知道零君一旦开始看书，怎么喊他都不会理人。这厮对书就有种钻研精神，一旦书在，我就是小三，他们俩的感情坚不可摧。

无法，我只能撒娇，蹭零君的脸：“陪我玩玩好不好？亲亲我？”

零君无动于衷，我再接再厉："陪陪我好不好？就亲一下！"

突然，他站起身，走到窗户边拉下窗帘。

我愣住了，傻傻地问他："怎么了？"

昏暗的室内，零君被透过窗帘的光映着，隐隐约约，看不真切。

他回头，轻笑着答我："风吹进来，有点冷。"

"哦，好吧。"没等我点头，零君突然凑近……

他扶着两侧的桌面，倾身，吻了上来……骗人！明明说拉窗帘是因为冷，原来是怕对面楼的人看到，这厮狼子野心！

11

零君表面上看起来带有读书人惯有的儒雅，但实际上，他占有欲很强，吃飞醋的能力是一流的。

前几天，我不过是去亲戚的朋友家住了一夜，那家正好有个和我年纪相仿的男孩子，他养了一只布偶猫，我爱猫心切，就下手拍了几张照片。

睡前，我联系零君，他语气幽怨地问："野回来了？"

我听话音不对，心里打着小鼓，颤巍巍地问："还没回来……"

零君冷哼一声："那就别回来了。"

我："……"

12

零君和我表白是在情人节，二月十四日那天。

没有精心准备的巧克力，也没有芬芳的玫瑰花，甚至连告白的过程都是仓促、混乱的。

那天，按照惯例，我和零君煲电话粥。我在电话这头感慨了一句：“我果然不招人喜欢，没有人送我巧克力，也没有人和我表白，很羡慕其他人啊。”

零君迟疑了一会儿，然后低低出声：“我喜欢你。”

“我也喜欢你啊。”我比较直爽，平时对朋友的喜欢也常挂在嘴边。

“不是朋友的喜欢。”零君郑重其事地补充了一句。

听闻这话，我如遭雷击，愣在原地。

不是朋友的喜欢，也就是恋人之间的那一种吗？

我不太确定，但又不知所措——我完全不清楚自己对零君是哪一种感情。因为没恋爱过，对情爱方面的感受很陌生，我自己都不能确定自己的心意。我唯一能知晓的一点是，如果我就此拒绝了零君，那他肯定不会像现在这样和我无话不说，甚至因为尴尬对我避之不及。

他怎样都好，就是不要疏远我。

于是我回了一个模棱两可的“哦”，意味着知道了。

零君却将其认为是我答应了的讯号，隔天就以男友的身份自居。

等我回过神来后，已经太迟了。

这一艘贼船，怎么都靠不了岸了。

13

那时候，我和零君的关系并没有大白于天下，除了零君父母，其他人都不知情。

因为我极其容易害羞，所以我总是玩地下恋的暧昧游戏，零君也惯着我，乐意和我玩这种幼稚的小把戏。

出门的时候，我总是掩耳盗铃般避开零君，躲到很远很远的地方，催促他走着。而零君则时不时回头看我，确认我没有走丢这才放心。就连拥抱我们都只敢在没人来往的地下通道进行。

我犹记得第一次拥抱的感觉。那时我和零君一起去他家玩，走到半路，我突然扯住他的袖口，小声说："这里没人，可以抱抱吗？"

零君愣了几秒，然后毅然把我拥到怀里，很紧很紧，像要把我填补进身体里一般强硬。

初吻和初次拥抱一样，都是第一次的体验，我只记得当时耳朵里像火山喷发热气，隆隆作响，心脏也不自觉快速搏动，一下又一下，如要挤出胸腔一般，令人窒息。

我记不太清楚那时候的感觉了，所有画面历历在目，唯独不记得那时候缠绵在一块儿的触觉。我只知道我把零君的毛衣外套攥得很紧，鼻间是他身上惯有的气息，不算是香味，但很熟悉，一嗅到内心就无比的踏实、祥和。

零君没松开我，恋恋不舍，紧了又紧。

我也不想很快失去这种感觉，就这样和他相拥着，即使天荒地老，山川变换，亦无所畏惧。

14

恋爱初期，总有种小孩子偷吃了糖果的遮掩心理。于是，我恶声恶气地威胁零君，一定要好好隐瞒我们两个恋爱的事情。

当初一起出门玩，来的人很多，因为表哥也在场，我就掩耳盗铃，避开零君，和其他人待在一起。

零君站在一侧静静看着，也不说话。只是隔了很远，我也能察觉出他的心情很沮丧。

记得有一次是大年三十，零君没有陪家人过中国年，而是选择大半夜和我们出门玩。

我们先去溜冰场，零君对这个毫无经验，几乎没滑几步就摔倒在地，膝盖好像还蹭破了皮。那时候，我又怕别人在意我和零君的关系，只能远远看着，连搭一把手都不肯。

他没吭声，很快自己再站起来，孤零零一个人继续学溜冰技巧。

或许他是对我还有期待，以为在此之后，我总会想起他还在场，想起他是我男友的身份，也总会和他说说话，安抚一下他的情绪。

可那次，我坏人做得很彻底。

半道上遇到了亲戚，我害怕表哥抖出我和零君关系亲密，让别人有所察觉，于是冷冰冰地指使零君："你一个人先回家吧。"

"一个人？"零君皱眉，似难以置信，又问了一次。

我恳求他："对，我这里情况有变，我不想让他们知道我们的关系，所以一点端倪都不能让别人察觉，明白吗？"

我知道零君有多可怜——明明是大年夜，还要跑出来陪我，结果我并不体恤他的一片心意，反倒让他一个人顶着冷风回家。这样被招之即来，挥之即去，是个人都无法忍耐。

可他忍下了，应该是在和我恋爱之前就做了十足的思想准备——和我这种不成熟的人在一起，总要经历一些磨难。

零君的背影在深沉的夜色中渐行渐远，逐渐消失在视野里面。

即使再委屈、再生气，他也还是按照我所愿的那样，一个人回家了。

现在回想起以前的事，依旧历历在目，我很愧疚，也很感激一路包容我的不足之处的零君。如果不是他足够有耐心，或许这段初恋也会和大多数人一样无疾而终。

我问零君："我以前和你出去玩，都会刻意疏远你，你会难受吗？"

"那时候有一点自卑，在想自己究竟是有多见不得光，要被你这样嫌弃。不过也就是一时生气，我知道你在顾虑什么。说不难受是假的，你明明是我的人，却和别人说话，我难免会吃醋。"

我轻笑出声："你怎么这么可爱呀？那我如果现在出门还疏远你呢？"

"你可以试试看。"零君冷笑一声，"在外面怎么疏远的，回来就怎么收拾你。"

"……"零君大魔王果然变了，变得霸道又没人性了！

15

最开始和零君恋爱的时候，我才十六岁出头，一个是年龄太小，另外一个是还不懂情爱。我生怕辜负什么，又喜新厌旧，害怕零君所说的"既然恋爱了，以后就要结婚"的约定，总觉得好日子还没到头，太早定下了就是纯粹消磨时光。

所以，还没谈满一个月，我就和零君提了分手。

当时话音刚落，零君愕然抬头，看我一眼，一句话都没说，眼泪就掉下来了。

男人哭和女孩子哭不太一样，没有抽噎声，也没其他反应，就是眼泪扑簌簌往下掉，他回头躲避，不想让我看到。

我只觉得心疼，好像是我的无心之失把零君伤成了这样。也是在那一瞬间我才有些明白：男人的细腻程度绝不比女孩子弱，他们甚至更敏感，更喜欢恋人之间的粘缠。

我急忙哄他：“不分手，不分手！别哭行不行？”

零君一声不吭，我又捧着他的脸，滑稽地哄劝他：“真的不分了，所以别难过。”

那时候，我还颇有一种成就感——觉得我还是孩子模样，就把这个已经长成的高大少年给伤到恸哭，应该是我在情爱里较为游刃有余，比他懂得多，节奏拿捏得好。

现在想想，应该只是零君比我爱得更深。

正如他所说：“我也不知道我喜欢你什么，明明知道你现在这个年龄就是白纸一张，什么都没经历过，以后分手了，肯定是我比较受伤。又或许我从小把你教好了，到头来，你羽翼丰满，意识到别人的好，还是跟了别人。想想也很心疼，一手养大的小妹妹，最后还是被别人家抱走了。”

不过幸好，我依旧惦念着零君的好，没有因为是初恋就喜新厌旧，想和其他人尝尝情爱的滋味。

第一次恋爱就这一点不好，耐不住寂寞，对外界百般好奇。两人之中必定要有一个人先行成熟，给予指导，否则初恋夭折的概率很大，随时随地会被扼杀在襁褓之中。但相对地，先踏出这一步的人，所承受的风浪也远远超过另外一个被庇护的恋人。

我比寻常人明白这个道理要早许多，所以才能坚持至今，开花结果。

世界上好的人千千万万，可要说合适的人，一辈子都遇不到几个。尽管是这样，也请不要慌乱。

只要耐心等待，最好的少年，一定会在漫长的岁月里，与你不期而遇。

高跟鞋

我见过无数的人与风景，

却从未见过如此美丽的你。

意大利
初恋日记

1

一般国内女孩都习惯成群结队地去厕所，我也是。

我："我想去厕所，去尿尿。"

零君头也不抬地说："去。"

"我好急，"我原地跺脚，"你陪我去啊！"

"……"

2

以前零君处心积虑想让我多交朋友，于是会让我鼓起勇气和微信里也在意大利的女孩聊天。

他："和她聊天，可以随意问的。先聊天，才能拉近关系。譬如问问她是哪里人。"

我忸忸怩怩地说："可是她简介上写了，她是浙江 B 市的。"

"……"很好，也是没脾气。

3

闲来无事，我就爱问零君许多小问题："是男人的尊严重要，还是女朋友重要呢？"

零君头也不抬地说："那得看什么女朋友了。"

我目光灼灼，期待地问："像我这样的？"

"哦……"他迟疑了一会儿，犹豫不决。

我如隔靴搔痒，不耐烦地追问："到底怎么样？"

“那尊严就不要了。”

我嘴角一翘，很好，很上道。

4

我最近抑郁的情绪上来了，对零君说：“我总觉得我好像不属于这个世界。”

“没关系，今天中午，我就让你感受一下，你生活在这个世界上。”零君意味深长地说。

我：“……”

5

零君不太关注网络，所以对一些词汇一知半解。

今天，他有感而发，夸我：“你好有心机。”

我憋了半天，沉默了良久，才说：“心机不是什么夸人的好词。”

“哦，”零君顿了一下，歪头，说，“那你很有思想。”

夸人也要这般大费周章，我服了。

6

零君很容易寂寞，我时而因写文冷落他，完事以后才后知后觉给他拨电话。

我心里有愧，说话也软了三分，柔柔地问：“今晚都做了什么呀？”

零君冷淡地回答：“一个晚上都在想你，在想你什么时候会来找我。”

好……好可怜。

7

我躺在床上，不肯换被套。

零君看我一眼，皱眉：“起来收拾一下。”

我懒洋洋地拒绝：“不要，再催一催。”

他俯身，凑近我耳边：“呼——”

我急忙往角落躲，窘迫道：“是催不是吹！”

8

坐火车回家，零君突然握住我的手腕，目光如炬，道：“你是谁家的喵，这么坏？”

我一脸惊恐：“谁家都不是啊……”

他意味深长地说：“野猫吗？那可以抓回家了。”

“……”所以说了半天，他就是想找个借口把我带回家？

9

零君总想方设法诱惑我。

他买了糖，逗我：“喊一句老公，给你一颗。”

“……”我是这种轻易屈服的人吗？

面对我老公，我当然是。

10

我电脑不行，让零君帮我下载一个瓜皮（一只猫的名字）的表情包。

零君看了一眼文件名，问我：“瓜皮是什么？”

“裸男照片。”我答道。

他不太开心，质问我：“你好恶心，为什么要下载这种东西？”

“拿来看呗。”我无所畏惧。

零君那边突然没动静了，沉默了许久。

我接着敲他，问：“下了吗？”

他咬牙切齿地道：“我不帮你下！”

我没想到零君的醋劲这么大，干咳一声，说：“那是一只猫的名字……”

他的声音立马变得温柔，似是为了掩饰尴尬，他问了句：“不是病毒文件吧？”

“不是。”仅仅几秒时间，我就收到了心心念念的表情包。

11

零君很享受我帮他捏捏肩膀的愉快时光，昨天我说帮他按摩，他惦记到了现在。

中午，我装作贤妻良母的样子，帮他捏捏肩膀。

这厮望着我，不怀好意地问了一句：“小姑娘，有没有特殊服务？”

“没有。”我正经拒绝。

我们这是干净的店，客人你再这样调戏按摩师傅，我就要报警了！

12

记得昨晚，有读者和我分享她开心的事情：她和她的男神在一起了，整个晚上她都开心得睡不着。

我和零君在一起的时候，懵懵懂懂的，也不记得他究竟是不是我男神，更不知道喜欢是什么情绪。

于是我开玩笑一般逗他：“啊呀，好羡慕呢，我有一个读者和她男神在一起了。”

我本以为零君会吃醋，结果他只是轻笑一声，说：“那她应该羡慕我。”

“为什么？”

“因为，”他顿了一下，意味深长地答道，“我和我的女神在一起了。”

那时，我的心脏骤然剧烈搏动，怎么都缓和不下来。平缓了两秒，我才不得不面红耳赤地承认——这厮情话满分！

13

偶尔在火车上，零君稍微正经一点，我就忍不住想调戏他。

他嫌弃地看我一眼，假意推搡：“走开，走开，小变态。”

我依旧黏着他，隔了一会儿，他补充：“小变态，走开，不许坐我旁边，那……坐我腿上好了。”

“……”摸着良心说，到底谁变态？

14

最近我在看韩剧《请回答1988》，里面有一个片段让我感触很深。

男配角正焕以及男主角崔泽都喜欢上了女主角德善，在得知她被人放鸽子的时候，他们都意识到这是千载难逢的大好时机，应该像一个盖世英雄一样出现在她的面前。

然而，正焕不够快，最后被崔泽捷足先登。正焕开始埋怨是车开得不够快，被红绿灯耽误了，而后听广播才知道，男主角崔泽为了把握这个时机，连至关重要的围棋比赛都弃局了。

这根本就不是时机与命运的原因，而是他不够勇敢，不敢承认自己的爱恋，总是一拖再拖。

这一集的总结性句子说得很好——“可是命运，还有时机，不只是偶然找上门的偶遇，而是由很多迫切选择成就的奇迹瞬间。让人讨厌的不是红绿灯，也不是时机，而是我数万次的犹豫不决。”

我不禁想到了以前零君对我说过的话。

我问：“为什么那么早就和我表白了？”

“因为害怕错过了，不敢一拖再拖，失败总比抱憾终身要好。之前我怨恨过我的父母，但遇到你以后，我觉得很值得。如果再让我选择一次，我还是会退学出国，即使再难，只要能和你在一起，我就觉得很幸福。”零君说。

零君觉得错过我，是他生命里最为遗憾的一件事，所以宁愿不择手段抓住，也不要等到以后独自在寂寥深夜中难过。

我以前对他这番话一知半解，听过便忘了。

现在想想，零君的确比一般人要成熟许多，在很早很早之前就明白了这个道理，也及时做出了最符合自己心意的决断。

15

以前我刚和零君恋爱的时候，门禁很严，几乎没有机会出门。

一次，我借着补习班的东风去电影院看节目，才有机会和零君见个面。

电影很早就散场了，外面下了雨，我们只带了一把伞，零君就扶着我往绵绵雨幕里走。

或许是觉得机会难得，下次再见面就不知道是什么时候了，零君突然把我往鲜少有人经过的巷子里带——身后是被雨水打湿的墙，雨帘落下，溅起的水花全砸到了袜子上，凉飕飕的。

零君不敢把我往墙上按，只能动作僵硬地扯我入怀，然后低头，落下一个吻。

外面雨声淅淅沥沥，很好地掩盖了行色匆匆的脚步声，又有黑伞遮掩，没人发现我们两个在伞内不可言说的小秘密。

都是少年心性，爱如烈酒入喉，一路浩浩荡荡，烧至心口，怎么饮都饮不够。

只记得那时候我们牵手缠绵了很久，他才肯放我走。

星辰

有时候，我会盯着你的褐瞳看，

心想：这里头映出的女孩子长得可真漂亮。

意大利
初恋日记

1

零君妈妈仿佛对零君产生了很多的误解，她总觉得零君的冷静是装出来的，他就是故意骗骗我这种不谙世事的少女，于是很喜欢拆台，揭他老底。

记得之前，零君和我聊到什么，开玩笑说："我才十六岁。"

零君妈妈路过，听到了这句，横飞出一声冷笑，道："你才十六岁？都是老油条了好吗？！"

我乐不可支，零君默默叹气。

2

昨天，零君妈妈进零君房间，窥见垃圾桶里有一件衣服。

她诧异地问："这衣服怎么了？"

零君淡淡地答："之前破了一个洞，今天又不小心撕开了大口子。"

零君妈妈闻言，也没追问。

只有我目瞪口呆，没料到这厮能厚颜无耻到这种地步。首先，那是我在他家午睡常穿的睡衣，其次，他那是……不小心？

3

最近有读者问我，零君的弟弟根正苗红，是不是很适合当男朋友？

我对零君转述了这个问题，只见他沉吟一声，回答道："弟弟还小，才十六七岁……"

我不禁冷笑：你也知道十六七岁还小啊？

当初，这厮怎么狠下黑手叼我入窝的？

4

零君有一个和他同岁的小舅舅，小舅舅是消防员，人比较糙。

前些天零君和小舅舅电话聊天，说到一半，他突然高喊一句："你等会儿，我先灭个火。"

零君："……"

如此放荡不羁的男人，我都有点小心动呢。

5

一君曾经暗恋过一个女孩子，明明一句话都没说过，却闷骚地在手机里给她写了长长的一封情书。

我那时少不更事，也特别欠揍，平时本来就和一君不对付，有了这机会，更加要羞辱他了。

后来，我直接把他的情书当着零君的面读了出来。一君起初脸色煞白，接着哭了。

再然后，我和他的梁子就算是结下了。

说来也有趣，那个女生至今仍不知道一君暗恋她。可能是女孩子都爱邻家哥哥，她却对零君分外有好感，甚至"零君"长、"零君"短地喊，明明有三四岁的年龄差，却从不喊"哥哥"，可能直呼其名较为亲切吧。

我调侃零君："你知道她可能是喜欢你吗？"

"不可能，她喜欢我做什么？"

“……”做你呗。

好吧，这句话我没敢说。

6

说一件我至今想起来都觉得不可思议的事情。

我有一个在外人眼里还算是高帅的表弟，平时和他聊天，我都得抬头看他。

记得某个夏日，他来我家玩，父母要求我领他逛夜市，招待他。

好巧不巧地，我们在夜市的摊位偶遇零君。

他瞥了一眼我身侧的表弟，脸上的表情瞬间就变了，一张脸黑得能和锅底比。

我急忙解释：“这是我表弟。”

“哦，表弟。”他的语气依旧冰冷，脸上没有半点笑意。

我百口莫辩，索性不说话了。

可我小看了我表弟这个烦人精，他不知道哪根筋搭错了，特别喜欢零君，还没见面几分钟，就“姐夫”长、“姐夫”短，围着零君团团转。

再后来，表弟来我这个城市玩，联系我时，据说已经在零君家住了一个晚上有余。

我深吸一口气，问：“你跑他家去干什么？”

“我住我姐夫家怎么不行？”他翻了个白眼，“再说了，那是我未来姐夫。还有啊，你老实交代，你什么时候和我姐夫那什么？你知道我姐夫憋得多辛苦吗？我都心疼他。”

零君愣了：“……”

我扶额，这卖姐求荣的货色！

7

零君有两个小侄女，是他堂哥的孩子。

她们平时就是小魔王，比男孩子还皮，又不服管教。

每次她们没经过零君同意，擅闯房间，就要被他一个臂弯夹一个，拎到客厅去。

一日，我和零君在屋里午睡，很纯洁地睡在一张床上。

睡得沉了，我们根本没注意到两个混世魔王偷偷溜进屋里。她俩看了一眼床，目瞪口呆，当天晚上就和自己爸妈报告：“我看到叔叔和一个姐姐睡在床上……”

她爸赶紧捂住她俩的嘴：“小孩子别乱说话！”

8

记得以前总有人调侃零君结婚的事儿。

零君爸爸很耿直，闷了一口小酒，然后回答：“结婚那点钱，我还是出得起的。”

“……”零君险些吐出一口老血——八字还没一撇，说话请含蓄一点。

9

其实，零君偶尔还是很通情达理的。

他去超市的时候，会打电话询问我想吃什么零食。

我点出了重点："其实我想吃的不是很多啦，咪咪虾条也是可以的，上好佳薯片那些随便来几份。肉松饼有吗？我要两盒。还有芝麻糖、花生糖之类的，你随便看看，买个三五十样就好了。"

他语气阴险："什么？"

"是随便买个三五样。"

"我是问你喝不喝豆奶，其他就别想了。"

"哦，那我喝。"于是，我凭着最后一腔热血，毅然决然挂断了电话。

我从来没有见过这种去零食超市只买豆奶的厚颜无耻之辈！

等零君回家后，我点头哈腰："豆奶买得对，其他东西，我有口腔溃疡，其实不吃也没问题的，对吧？我乖吗？所以下周可以吃寿司吗？"

"看你表现。"零君满意地微笑。

在这里暴露了零君这么多黑料，我还是要夸奖一下这个像爸爸一样关怀、照顾我的男人——毕竟，没有人会在实验室把各个地区奶厂的牛奶拿来做物质检测，了解清楚哪个产地的牛奶适合食用，然后再给我购买来，当早餐奶喝。

10

高中时期，我和零君一下课就去超市，因为一日三餐都是零君煮，食材难免有清仓的时候。偶然被坐巴士的同学看到了，对方还一度以为我们同居。

我去超市就爱在肉食专柜前还有零食区徘徊。我高举起鸡腿，问零君：“炸鸡，我想吃炸鸡。”

“你口腔溃疡还没好，放下！”

我恋恋不舍地松手，又举起碎猪肉的盒子：“肉丸，我想吃肉丸了！”

“又加醋？你以为你能吃？放下！”

实在无法，我就偷偷摸摸藏了一盒巧克力，等到零君付账的时候再塞进去。

姜还是老的辣，零君打开皮夹，语气颇无奈地说：“放回去吧，我只有五欧。”

“……”行，算你狠。

11

在零君眼里，我就是那种不谙世事的单纯少女，只要他不注意，我就会被坏人拐跑。

所以，每次发生了什么让他担心的事情，他就会引经据典好好教育我一番。

近期出现了很多诱拐少女的新闻，零君又开始杞人忧天。

城中失火，于是我这城门边的鱼池就遭殃了。

零君目光灼灼，认真地看着我，说：“如果你不注意，坏人就会把你抓走，关在地下室里，用锁链锁起来！”

我托腮，天真地问他：“但是地下室很冷，我可能活不过三天。”

“那就给你开暖气好了。”

我又在担忧：“那会给我煮饭吃吗？不吃饭会饿死的……”

“应该会的。”

“有电脑吗？”

零君对我的得寸进恨得牙痒痒，恶狠狠地回答：“当然没有！”

“可是我会觉得很无聊……”

“……”

顿了片刻，我又问：“那有零食吗？”

“没有。”

“有床吗？”

零君已经被我天马行空的提问折服，有气无力回答：“站着睡觉。”

“可是我站着睡不着……”

“那就靠着。”

我弱弱地回答：“可我靠着也睡不着，还冷。”

零君深吸一口气，估计是没见过我这么多事的人：“那就给你毯子。”

“最重要的一点，如果没有零食，我觉得我可能生活不下去……”

零君也是没辙了，敷衍了事：“好好好，都给你。”

我大喜过望：“好棒，我要被软禁！”

此话一出，他这才想起来这番对话的真实目的，只能扶额，扼腕长叹。

嗯，这就是安全知识教育失败的范例之一。

12

我想到之前做过的一个梦——我在超市里，购买货架上各式各样的零食。

每一样吃的都是我通过包装上的描述，推测了味道，精心挑选放入篮子的。

就在我提着食物去柜台付账时，转眼，零食就不翼而飞了。

我心碎，憔悴，撇嘴几乎要哭出来。就在这时，突然有人指着前方说：“就是你男朋友刚才使用轻功飞过来，把你零食拿走的！我都看到了！”

没想到零君在梦里也这样可恶！

13

之前我和零君逛超市，看到好多制作意大利面的风味酱汁。

零君很顺手拿了橄榄的，我诧异地问他：“吃这个吗？不尝尝别的？”

“每种口味都买给你尝过了，所以在吃的时候都会问你好吃不好吃，得出的结论就是你最喜欢这个。”

我惊讶地看他：“是这样吗？我怎么都不知道？”

“你知道什么？”零君冷冷地补充，“你就只知道吃。”

“哦。”我委屈，想哭。

又是一次吃饭，零君突然单手支着下巴，看我：“看见你就很有食欲。”

食……食不言，寝不语，吃饭就吃饭，突然卖什么萌啊？！

14

时至今日，有时候我们会和从前那个语种班的老师姐姐遇上。她和零君都是义教，只不过她是教导意大利学生中文的老师。

姐姐不愧是天蝎座，有着敏锐的洞察力。她在聚餐时看了一眼我和零君，了然一笑，问我："你们在一起了？"

我如芒在背，紧张道："你怎么知道的？"

"直觉。"

"……"

"其实我早就觉得你们会在一起了，第一次看到你的时候，我就觉得你们肯定会在一起。"

"为什么？"

"直觉。"姐姐又笑了一下，突然暧昧地凑近我，"不过，把你交给零君，我很放心。"

我突然有种不祥的预感。

我总觉得姐姐在把我交给零君时下了很大的决心，这才决定把养了很久的仓鼠拱手送人。

在此之前，姐姐曾经找过零君，问他："你是不是喜欢她？"

零君愣了一会儿，狡辩道："嗯，没有。"

"别说谎，我都看出来了。"

零君一声不吭。

姐姐又笑了一声，补充道："你是个很上进的男孩子，又聪明，把她交给你，我也放心。"

而补习班的意大利人校长也知道了我和零君恋爱的消息，她惊呼一声，说：“那你们打算什么时候结婚？”

“……”零君干咳一声，尴尬了。

据说零君是校长最喜欢的男孩子，而我是她最喜欢的女孩子。按照中国人的话说，这就是金童玉女，是注定会在一起的一对。

15

零君妈妈的思想特别开放，寻常人都会阻止自己儿子早恋，就零君妈妈是支持且好奇的。

我刚和零君恋爱不久，他就把我带回家见家长了。零君妈妈不仅对我没意见，还煮了好吃的菜给我吃。据零君说，他妈妈前一天晚上知道我要去他家玩，特意带他去超市购物，挑选了很多好菜，生怕我在他家吃不习惯。

在此之前，补习班举办圣诞聚餐，邀请家长一道前来参加。零君的弟弟是补习班的学生，零君妈妈假借他弟弟家长的名义，硬要凑到补习班来看我。

我一来，就看到零君和一对中年夫妇窃窃私语。我随意问了一声，他答：“不认识的。”

“哦。”我也没往心里去。

事后我才知道，那是零君父母，他妈妈好奇我的模样，特地来看看我。

回家时，零君妈妈鄙夷地看着零君，说：“没想到你小子恋童啊，她才十二岁吧？”

零君僵硬地反驳：“她十六了。”

“没想到你喜欢这么小的，啧啧啧。”这真是世风日下，人心不古啊！

“都说了，她没那么小。”

16

之前，零君面临转专业的抉择，因为想学的和现在所学的专业不对口，所以无法经过考试转，无论是哪个专业都需要从头读起。

他在医学相关专业以及医生专业之间徘徊不定，虽然是限制级专业，但是依他的能力，他肯定可以考上。

只是，医生是他从小到大的梦想，如果不是被迫出国了，他早就是一名医生了，当初连志愿他都填写了非常好的医学院。

不过，国外对于医学专业要求严格，需要一口气读九年，不能本科毕业缓缓再继续读。零君面临了经济危机，毕竟，他学费、生活费都是自给自足，以及和我按照计划结婚的可能性降低。

一旦他选择了医学，就代表了和我在一起的可能性降低……毕竟，他不信我父母会让我单身到三十以上。可让他放弃一直以来的梦想，又未免太残忍了。

当晚，我想了很多东西——零君都熬到了现在，还打算放弃本来的专业，去读医学，从中可以看出他对这一块的执念究竟有多深，甚至敢把未来的幸福当作赌注。我会成全他，但不能保证，未来我们一定会在一起。现实是非常残酷的，鱼和熊掌未必能兼得。

他有理想，有冲劲，很好，只是前提是，必须舍弃爱情。

我很难受，却不想带给零君负能量，微微一笑道：“我想了很久，决定支持你的梦想。你去读医吧，你一定会变得很好很好。”

这个男人啊，也只有我知道他多能吃苦，有多优秀。

一瞬间我又想起来，前几天，睡在车后座里，日头西沉，暖色的火光穿透那一层薄薄的车窗，映照在零君高挺的鼻梁上，侧脸的阴影被打得很深。

我盯着他出神，他回头瞥我一眼，无声微笑，认真握着方向盘开车。因为我在他的车内，是他这一生里最重要的人，所以绝不能出任何闪失。

我恍恍惚惚反应过来——原来零君已经这么大了呀，从原本青涩无知的少年变成了高大到足够为我遮风挡雨的男人。

然而，现在这一切都要消失了吧？说来也可笑，我们原以为会一生一世、白首不离，可面对理想，也照样粉身碎骨。

零君顿了一下，问我：“那你呢？”

那我？

他是在问我如果他选择了医学，我会怎样？

我不能说会一直等，因为我的家庭情况复杂，但我想鼓励他，至少以后没有我，他还有梦想。

于是，我答：“我会一直陪着你，和现在没两样。”

“那么久，可以等吗？”

我不出声。

零君又呢喃自语：“我真的希望你再比我小四五岁，再多给我一点时间。”

我鼻头泛酸，不想被他察觉，笑出声：“你想得倒美。”

这世间，哪有两全其美的事情？

这事之后的几天，我都强装淡定，直到听到了另外一个消息——零君放弃了医学考试，选择了只需要三四年就能毕业的医学相关专业。

我很诧异，狂奔去找零君。

他轻笑，把我搂到怀里，说：“理想和你，我还是想要那个能百分百和你在一起的未来。”

我抬头，望着轻描淡写说出这话的男人——明明他付出了足够大的代价才换来这样的生活，我何德何能，让他为我做到这个地步？

那么，作为交换，我也会将余生交付给他。

下半辈子请多多指教，我亲爱的零先生。

大海

他的眼睛像无比浩瀚的大海，

我想靠近，汲取温暖；

又不敢靠近，害怕被淹没。

1

中午，我和零君就午餐究竟吃什么僵持不下，于是我们一人退一步，一致决定还是吃汤达人的豚骨拉面好了。

零君很少吃方便面，说毫无技术可言。我一边嘲讽他，一边动作利索地帮他放好了汤料，盖上碗。

当我做到最后一步的时候，我突然觉得如芒在背，有一道炙热的目光紧紧锁住了我——呃，好像我不经意间在零君面前暴露了自己很会吃方便面的事实。

2

我想吃刚买的奥利奥，但零君不让。

我磨磨蹭蹭，和他低声说："我的小饼干好像再不吃就要过期了！"

零君轻描淡写地问我："过期时间是？"

"2……2017 年 5 月。"

"嗬。"零君谜之嘲笑，似乎在说：姜还是老的辣吧？

3

我一日三餐几乎都是零君在料理，早上他都会比我早起半个小时，绞尽脑汁想着给我制作面包一类的食物。

睡前，他也会询问我的意见："你明天早上想吃什么？"

我思考了一会儿，然后说："鸡排面包吧！"

鸡排面包是用炸到黄灿灿的鸡排制作的，加上芝士片和番茄酱，一口咬下去，酸甜适中，滋味堪称完美。不过，零君不会让我吃太多，因为吃炸物容易上火，嘴角会起燎泡。

“好。”零君当机立断答应了。

我得寸进尺：“要不，给我一整片吧，半片太少了。”

零君不太赞同：“一整片的话，热量太高了。”

这是个严峻的问题，我思索了半晌，然后说：“那就把它切成两半叠在一起吧，这样就是半片了。”

零君被我气笑了：“那还不是一整片吗？！”

4

在零君眼里，我只认识两种果子——一种是能吃的，一种是不能吃的。

5

零君有时候也会迷迷糊糊做错事，明明要带我去寿司店，结果上错了巴士。

我眯着眼睛，刚想教训他，就听这厮一本正经地道：“我知道寿司店在哪里，可这辆车不到……”

6

零君这段时间非常忙，七月还要去外地继续学业。

所以，我基本都是一天拆成两天算，能多占用他一点时间，就多占用一点。

情人节将至，我猜到零君没给我准备礼物。因为意大利的店铺都是到晚上七八点就关门，周末是假期，更没有人会经营，而他整日陪在我身边，根本抽不出空闲准备礼物。

情人节那天，我陪零君玩了足足一天。临到要走的时候，他突然拿了一盒费列罗巧克力给我，温柔道："别人家的女孩子都有巧克力，你没有，岂不是太可怜了？"

我喜出望外，后一细想，又觉得哪里不对劲——他这样像父母攀比各家孩子的日常用品，半点都不想自家宝贝输在起跑线上。

7

中午，零君带我去日料店吃寿司。

因为我很喜欢日料，所以我全程都乖乖巧巧地坐在椅子上等上菜。

吃了一轮后，零君还要点菜，我急忙摆手，拦住他："不要再点了，我吃不下了！"

零君瞥我一眼，无动于衷，依旧对一侧的服务员说："我要……"

"真的吃不下了，不要点了。"我焦急地喊，生怕他担心我吃不饱。

他抿唇，随之合上菜单。

酒足饭饱后，我们出店。

零君呢喃一句："其实我没吃饱。"

我大惊失色："怎么可能？点了这么多还没吃饱？"

耍猴吧？我都吃撑了！

"都是你在吃，我在一侧看着你吃……"

我尴尬，不知所措：“那你怎么不继续点？”

零君欲言又止，憋了一会儿后，道：“你不让。”

“……”这……

吃完了，和往常一样，零君会带我去旁边的小公园转转。

公园里有很多娱乐设施，还有一个小山坡，平时零君会陪我躺在上面晒太阳，他喜欢跟我一起在阳光底下午睡。

刚进公园，零君就故意卡着铁门，把我困在旋转门里。两侧都是铁窗，他不拉开门，我就无法过去。

我焦急道：“放我出去！”

零君慢条斯理地回答：“放你出来，可以，先亲我一下。”

我无法，踮脚，凑上去亲一下他的脸。

他很享受，微微一笑，道：“亲一下不够，还要两下。”

太过分了！万一你要三百下，我还得亲一下午？

“事不过三，再亲两下就放你走。”

“没骗人？”

“我什么时候骗过你？”

我咬牙切齿道：“你该问，你什么时候没骗过我！”

“反正一句话，亲还是不亲？”

亲……亲他？

我脸颊发烫，手心也逐渐渗出热汗。随后，我还是踮脚，鼓起勇气凑过去迅速亲了两下，然后推门而逃。

走到半路，我筋疲力尽，找了一块空旷的草坡，蹲下身子……

零君皱眉：“地上脏，别坐。”

“没坐地上。”话音刚落，我“啪叽”一声坐在了他的包上。

“……”他面色不善：你想挨哪种揍，直说吧。

正午的阳光和煦，没过多久，零君就忍不住了，就地躺到草坪上休憩。

他微笑，感慨：“这样很舒服，听着风声雨声、孩子们的嬉笑声……”

我愣了一会儿，细听，然后告诉他：“可他们是在骂人……”

一群小孩说的是脏话……

“……”零君无话可说。

8

闲来无事，我感慨：“煮饺子和初遇恋人一样，都看缘分。缘分好，熟了；没缘分，不熟。”

零君看我一眼，鄙夷地问：“这就是你拿来掩饰自己厨艺差的借口？”

9

以前，零君喜欢在班里分享很多中国食品。意大利人起初很排斥，因为他们接受新鲜事物的能力普遍不高，对中国文化了解也甚少，后来经零君怂恿，尝了一口，震惊了。

吃一包咪咪虾条，他们就会感慨：“我的天哪！这是什么？怎么做出来的？怎么会有这么好吃的东西？”

吃一包薯片，他们又会惊呼：“什么？这是薯片？怎么和我们的完全不一样？”

意大利的薯片就是炸薯片上面撒一点盐，味道寡淡。

最近不光是他们，连教课的副校长都学会了嗑中国香瓜子，坐在讲台上教课，瓜子壳剥了满满一桌子。

10

我和零君有个共同的老师，在此称呼他为副校长。

或许是副校长偏爱女性，对我就比较客气，等闲不会招惹我。当然，这也和我性格冷淡不爱说话有关，他不会无缘无故来碰壁。他面对零君就不一样了。零君性格比较温柔，又是他那门课最好的学生，自然待遇就会不太一样——这个不一样并不是对零君刮目相看，而是时不时就跟零君作梗，并以此为乐。

副校长偶尔也有教错题的时候，零君这人不会迂回提议，而是直接当堂打他脸，指出错误。

这样一来，气氛就很尴尬了。

副校长也有阴招，直接喊零君上去做题，给他出了两道还没教过的，却没料到，他早就在家自学过，“唰唰”几下就做出了题目。

副校长憋了一口气，僵硬地微笑：“不错，vai via！（滚吧！）”

零君抽了抽嘴角，心想这厮真是难伺候……

偶尔，零君还会带一些零食上课吃，不是葡萄干就是瓜子，甚至有核桃……我也不知道他这是什么嗜好，他还喜欢分一些中国食品给意大利人尝尝看，顺道弘扬中国文化。

副校长比较嘴馋，盯着零君问了很久葡萄干的好处，见他就是没客套地问“要不要来一点”，于是只能颇为在意地说：“你每天吃这些高热量的东西啊？”

零君猜出他的小心思，直接问：“你要不要？”

“那就来一点好了。”副校长大方伸出手。

犹记得一次，零君的题目被副校长改错了，于是他询问了一下做法。

副校长来了精神，觉得这是自己表现的机会，特别自傲地说：“看好了，这种题目该这样做……”

结果做完了，他发现零君并没有错。

我光是事后听着，都觉得他这脸被打得有点疼……

11

记得一次，零君进班级，突然皱眉，问：“怎么一股避孕套的味道？”

同学们纷纷侧目，还没来得及埋汰他，就见副校长也从门外进来，惊呼一声：“怎么一股避孕套的味道？”

此话一出，同学们沉默了一会儿，纷纷闭上了嘴。

12

一次，老师突然感慨一句：“这门课，零君那个在低年级的妹妹成绩也挺好的。”

零君同学爆发出几声嗤笑，嘲笑他：“你是不是傻，那是女朋友好吗？”

由于平日里我们过于亲密，零君都顺口谎称我是他的妹妹，明眼人都看得出来是怎么回事，唯独这个老师比较傻……

老师愣了：“和自己亲妹妹也能谈恋爱？”

零君干咳一声，望着天花板，默不作声。

13

零君有个朋友，唤作 K 君。

K 君长相不错，嘴甜，是以在泡妞撩妹这条路上走得很远。

某日，他新交了女朋友，就急不可耐地到零君面前秀恩爱：“这衣服、这裤子、这鞋……都是我女朋友给我买的。你女朋友给你买吗？买吗？”

“她的钱，花在自己身上就好了。”

“你这可不行，现在哪能都男的出钱？我们要与时俱进！”

零君沉默了，大概不知道该如何和这浑不吝的家伙沟通，隔了好久才出声：“你这样吃软饭，真的没问题吗？”

“吃软饭也是我的能力啊！”K 君沾沾自喜道。

聊到了钱，我倒是和零君说过：“如果我挣到第一笔钱，我先给我们买房子吧？”

零君想也不想就拒绝了：“我的爱巢，我想用我自己挣来的钱买。”

14

零君第一次和我接吻的时候，毫无吻技可言。

就记得他逆光站在窗帘前，外头蒙蒙亮，暖色的光线透过窗，洒在他的眉梢与发梢，镀上一层萤白。

房间门是紧闭的，家里也没有外人。

或许是紧张，零君只敢在和我相距两米远的窗前喝水，一口接着一口，不知喝了多少，在此期间，我们都没对视。

我怕错失这样千载难逢的好机会，也怕之后有人打扰，就厚着脸皮，小心翼翼地提醒他："现在没人，你是不是该做点什么？"

零君诧异地低头，视线相撞，很快又避开了。

他回过味来，也小心翼翼地坐到我的旁边，触了触我的耳郭，又顺势抚了抚我微微发烫的脸颊。

这样若即若离不知维持了多久，零君总算鼓起勇气，低头触上我的唇瓣。

要说特别，也没什么特别的。

第一次接吻，我们连舌头都不知道伸，潦草地结束了。

时至今日，我也只记得那时候的心跳很快，在零君凑近的一瞬间，呼吸紊乱，整个心里都兵荒马乱。

之后我们还有一次亲密接触，我忘记是什么原因了，或许是为了哄零君开心，又或许是犯了什么错，总之，我一门心思想要讨好他。

我鼓足勇气，抵上他薄凉的唇瓣……

我的舌尖没能顺利触碰到零君的唇，也没能和他像小说里写的那样唇舌交织，抵死纠缠。只是，这样主动而又大胆的行为怕是要在零君心中留下难以磨灭的印象了。

好久以后，旧事重提，我问他："你当时是什么感觉？"

零君思索了一下，说："实际上有点惊喜，没想到你会这么主动……又有点可惜，具体原因，你应该懂的。”

15

恋爱时，我会去零君家玩。

凑巧他妈妈不在家，房门紧闭，光线很昏暗。

或许是和零君气息交织，产生了某种暧昧的情愫，我急匆匆和他对视一眼，又垂眸，避开视线。

零君凑上来，似想吻我……

就在这时，玄关处突然传来开锁的声音。

零君吓了一跳，正人君子般地掏出一本书，说：“把这道题做一下。”

零君妈妈回来了，推开门，问：“小姑娘在啊？”

“嗯，教她做题。”

“哦。”

我表面上波澜不惊，内心想笑。

这厮惯会装道貌岸然的样子，实则是衣冠禽兽！

冰激凌

他说喜欢我冰激凌的口味，

凑上来亲了一下，很甜，

不知是真喜欢，还是偏爱吻我的味道。

1

想到从前，我贪玩，临近考试还不肯学习，执意要去零君家找他玩。

零君操碎了心，恶声恶气地道："快去学习！"

我抗争，打滚："我想玩，不想学！"

"不许反抗！"

我可怜兮兮地问："那你不想见我吗？"

"不想。"零君没有半点商量的余地。我只能曲线救国："那你想吃苹果吗？"

——想吃，我就给你带，顺道去你家玩。

"不想。"

"饼干呢？"

"也不想！"

"那你想什么？"

零君冷笑道："我想你去学习！"

"哦。"姜还是老的辣。

2

我举着三明治和牛奶杯："盯——猫压！"

零君淡淡然看我一眼："不是已经给你吃的东西了吗？"

"哦。"

"猫压"是指：猫在被喂饭前一直盯着主人时所产生的压迫感，直到吃了食物，这种目视危机才解除。

3

我闲来无事翻看零君的手机，问："你闹钟设置六点，这么早起来做什么？我都是六点零五分起床，还得骑车十分钟来你家！"

零君咬牙切齿道："那以后，我骑车，你做早饭？"

还有这茬？我给忘了。

我略怂，超级怂。

我头皮发麻，支支吾吾讨好他："这样不太好吧？那你想吃什么？我买给你？"

大魔王微微一笑："我要吃你的心意。"

"那你要吃店里哪一个心意？我买给你……"

他的语气危险了起来，一字一句，咬词清晰："我要吃你亲手做的心意。"

我惊恐——要饭没有，要命一条，给你，都给你。

4

我吃面包，脸上沾了奶油。

我："帮我擦一下。"

零君凑上来，轻吻我的脸颊，舔去奶油。

啊？这……

5

零君给我买了橄榄比萨，结果我吃完了比萨饼，橄榄一个不差全留下了。

“……”

他深吸一口气——稳住，一定要稳住，挑食不能揍。

6

勇者草灯，也就是我，要单枪匹马闯大魔王零君的巢穴了，希望不要被他抓去陪睡……

江湖有传闻，此魔头超级色！

我初入洞穴，就被魔王没收了我与外部的联络装置（手机）。他不愧是魔王，一眼就看穿了我藏在衣服里的武器，现在他要我脱了外套……陪睡。等我，我一定会平安回来的……

两个小时后。

早安，我刚刚在魔王怀抱中睡醒。

可恶，我差点被他的美色所蛊惑了！

正义与邪恶誓不两立！

零君大魔王：“买了猪排，炸了给你吃，要吗？”

“要要要！”

请允许勇者再堕落一会儿吧……

7

零君这厮也不是什么良善之辈。

让我印象最深刻的是，他在医院忙事情，我在外头榨鲜橙汁喝。

或许是看到零君忙里忙外，我却惬意地闲逛，出于愧疚，我高举着杯子，讨好他：“你要不要也喝一小口？”

零君微微一笑，意味不明。然后，他夺过杯子，一饮而尽。

我：“……”

你这样会失去我的，你知道吗？

8

中午，趁零君洗碗的时候，我偷喝豆奶。

他默许我的行为，并且说：“聪明的喵在这个时候一定会拿两个杯子，给辛苦的老公大人也倒上一杯豆奶。”

话音刚落，他满怀期待地回头，笑容僵在脸上——只见我一脸惊恐，企图将手里唯一的塑料杯藏到身后去。

零君噎住了：“……”

9

我厨艺很差，堪称黑暗料理界女王。

相反，零君在这方面很有天赋，和我形成了正义与邪恶的对立面。

反正他会煮饭，从小到大，我也就没在这事情上操心过。

偶然一次，我听闻零君想吃我亲自下厨煮的荷包蛋，就连我煮的泡面他都能吃出感动的味道。

我实在是觉得这厮烦不胜烦，于是答应了给他下厨，煎蛋。

零君很开心地出门了，中午回家，发现桌上果然摆了一碟荷包蛋。

他用筷子夹起来，小心翼翼地咬了一口，蹙眉——看这样欲语还休的表情，好像不太妙啊。

我不满地说：“怎么样？味道不好吗？这次我特意控制了火候，也没焦啊！”

零君抿了一会儿唇，然后嘀咕：“但也没熟。”

话音刚落，黄灿灿的蛋液就从破开的蛋体流出，流到了碗里。

10

零君觉得我对他不够温柔体贴，只会单方面享受他的照顾。一旦他和我提什么少女心事方面的要求，我就会用撒娇的方式蒙混过关。

某次，零君实在是忍不住了，和我抱怨：“恋爱这么久，你没什么特殊的想法吗？譬如制作一份爱心便当带给我吃？”

我在厨艺方面真的很没天赋。记得曾经零君生病了，我把在超市买的意大利面外卖带回他家，加了水和黄瓜片煮了一大锅，变着法说这是我辛苦煮的汤面。

他感动到险些痛哭流涕，一度称赞那是他这辈子吃过的最好吃的面。

我微微一笑，沉默，心想：这个成品面在超市不是很多吗？你天天看到，也没见你买啊！

是以，我这次并不想欺骗零君，很诚实地承认了自己的短板：“你要知道，我真的不会做饭。”

零君这次也打算学我耍赖：“我不管这么多，反正明天的早餐你准备给我吃。”

“好吧。”我硬着头皮答应了。

隔天，和零君见面时，我掏出了三明治，递到他的面前。我千言万语还未说出口，就见零君脸色发青，嘴唇抿成紧紧的一线。

“你不满意？”

“你觉得呢？”他话中有话。

我也不满了：“这个三明治，是我亲手从冰箱里拿出来的。你知道现在天气多冷吗？我大晚上从被子里爬出来，赤着脚打开比外界温度还低的冰箱，拿出早餐以后还得塞到书包里。这还不甜吗？一般情况下，我根本想不到要带三明治，都是因为你想吃我亲手准备的早餐，都是因为我想到了你！”

“所以，这就是你给我带了冰冷的食物的理由？”零君目光冷飕飕地扫来，我下意识缩了缩脖子。

11

我喜欢把水果也排个三六九等，最下等的要属苹果，我至今还无法接受它的味道，更别说吃了。偏偏零君把它当作宝，对“一天一个苹果，不用看医生”这句话深信不疑。

天气寒冷的时候，零君赖床，我就在他被窝里磨磨蹭蹭，催他起来陪我玩。

零君被闹得没法子了，披衣起身，突然回头，邪肆一笑：“不睡也行，那就吃水果吧。”

真是怕什么来什么，从零君的笑容中，我解读出了成百上千种含义——“天气严寒，不如我们吃苹果吧”，又或许是“最近身体疲乏，吃个苹果精神一下”。

总之，这厮似笑非笑的样子，一看就没打什么好主意。

我抖若筛糠，勉力拒绝：“这不太好吧？”

“怎么不好？”

他软硬不吃，看样子是来了脾气。我窥视一眼门外的桌子，发现苹果在上面的托盘里整齐排列着。看来这都是命数，人是争不过天的。

我用被子蒙住头，抵死挣扎：“我想睡觉了。”

零君冷笑：“太晚了。”

我咬牙：“那不如吃橘子吧？”

“嗬，你觉得呢？想得挺美，我们吃苹果。”

零君一锤定音，我就知大限已到了。

12

下午五点，我乘火车从实习地回零君家里。

他听到了消息，很早就把饺子煮了，还精心调制了汤料，然后给热水袋充电，烘暖整个被窝——由于我天生手脚冰凉，如果被子不足够厚实、热乎，我是绝对不会爬上床的。

我一边惬意地窝在暖洋洋的被窝里，一边小心翼翼地吃热气腾腾的饺子，零君则在一旁看视频，陪伴我左右。

我问他：“为什么帮我暖床？”

“因为看你可怜。”

“可怜？”

“因为觉得你累，是应该休息一下了。”

我嘴角不自觉上扬，漾开一点弧度，问他：“是因为心疼我吗？”

零君声音低了一点，回答道：“心疼，当然心疼啊，而且你没吃饭，很可怜。”

或许是因为气氛温馨，爱能御寒，明明是深冬腊月，我却不觉得冷。

13

待我吃完了肉汁饱满的水饺后，零君蹑手蹑脚地把我拥到怀里，搂紧。

像是想到了什么，他百无聊赖地问：“如果你变成了男人，你会是什么样的？”

“要听真话？”我可不觉得我是个好人。

“嗯。”

我深思一会儿，然后老老实实地答：“我肯定会四处撩妹，我搭讪技巧很好的。还有，我肯定会有初夜情结，因为我占有欲很强。只许女孩子哄我，我是小公主。最重要的一点是，我玩游戏的时候一定不能有人打扰我……”

零君嘴角一抽，咬牙切齿道：“你还真是够渣的！幸亏你是女孩子，要是男孩子，我肯定不会理你。”

我不为所动，掰了掰手指头，问：“那么你呢？如果你是女孩子，你怎么办？”

“我应该会对恋人很好，因为我喜欢他，所以就会牺牲一切。现在的人是不是都很流行‘学长好讨厌’或者‘前辈好讨厌’这种话？我也应该会学着说的。”

我鄙夷地看他一眼：“你好恶心，我是绝对不会喜欢你这一款的。”

“那你喜欢哪一款？”

我又陷入了深思，迟疑了片刻后，答："我好像不喜欢女孩子。"

"……"零君无话可说。

"我估计是个gay，我只对男孩子感兴趣。"我郑重其事地补充道。

零君无可奈何地瞥我一眼，仿佛在说：当我没说。

14

零君有一个检测我饥饿程度的好方法，那就是临到饭点，伸手一摸我的肚子，问："小肚子没有了，饿了？"

是时候绝交了。

15

在我和零君恋爱期间，他的助攻特别多。因为他人品很好，情商又高，所以许多人都喜欢他，包括补习班老师还有校长。因为他们是意大利人，所以他们思想特别开放，常常会为了帮助零君追我，使用一些小花招。

有几个意大利人老师和我父母比较熟悉，知道我家有门禁，就上门来游说，带我去聚会，实际上是转手把我丢到零君怀里，还眨眨眼，说："下次再有这种需要，记得还来找我。"

零君微笑，点点头。

我在他怀里瑟瑟发抖：这厮究竟是用了什么手段把这些人给拿下来的？

出于某些家庭原因，我和家人的关系并不好，可以说是恶劣。是以，很多人情世故都是零君在教我，包括各科学业。

他，亦师、亦友、亦父。

甚至在高中时期，我和零君同校的时候，英语老师特意找到零君反馈我成绩差。

零君恨铁不成钢，硬是给我补课，让我考了及格。

英语老师一看成绩，心满意足道："肯定是零君给你补的，对不对？"

我的内心：只求你别乱打小报告了，我受不住。

16

刚恋爱时我去零君家玩，他家里就一君在。

零君怕一君惹事，吓到我，毕竟我那时候年龄小，很怕别人知道我们俩的关系，就总是一惊一乍的。

他想了个法子，威胁一君："我等一下要带朋友回家玩，可能是打扑克牌，正好三缺一，只能斗地主。你如果想玩电脑，不想被我们拉过来玩的话，最好乖乖待在房间里。我会帮你拖住他们，不让他们发现你。"

一君大惊失色，急忙点头。他还有游戏要打，得趁机超过他哥，哪来的那么多精力打牌！

零君很满意地走了，出房门前还叮嘱了一句："记得出房间上厕所也尽量动作轻点，否则我保不住你。"

一个小时后，我假借出门买零食，跑到零君家玩。

我小心翼翼地跟着他上楼，发现家里静悄悄的，问他："一君呢？万一被他看到我怎么办？如果他在家，我就不去了。"

零君沉吟一声，说：“他不在家，所以别担心。”

“哦。”我点点头。

“不过你别出我房间，万一他突然回来就不好了。我会把房门锁了，到时候他回家，也不会推门进来。我给你打掩护以后，你再走。”

“好！”

这厮当时装得一脸认真，所以我根本就没去想，一男一女，情侣关系，被锁在同一间屋子里是多么危险的事情。我只是崇拜地望着零君，被他细心考虑事情的样子感动了。明明我的要求这么苛刻——“谈恋爱可以，但是不能被人发现”，他也毫无怨言，一直帮我打掩护。

而且待在同一个房间里，零君也很规矩，没什么逾矩的动作，接吻也是我主动亲一下，浅尝辄止。他负责陪我聊聊天，看看电影。

不知道零君是有意还是无意，他挑选了恐怖片。

我端端正正的坐姿很快就被摧毁了，一只手捂住眼睛，一只手抱住枕头蹲角落里。

零君看了我一眼，问：“要不要坐我怀里？”

坐他怀里？

我愣了一下，没反应过来。

他微微一笑，朝我招招手，指了指自己的腿。

我这才恍然大悟——是坐他腿上吗？这种动作也太羞了……

我又怕又忸怩，问他：“万一被人看到怎么办？”

“家里没人，门也是上了锁的，怕什么呢？”

这样一说，也对。

沿着床边，我小心翼翼地爬过去，乖巧地坐他腿上。起初被男人的体温烫了一下，我连背都不敢靠在他怀里，如坐针毡。

零君坏心眼，把恐怖片音量调高了。

可能是气氛太恐怖，我完全忘记了什么叫男女授受不亲，直接缩进他怀里，借他宽大的手捂住了眼睛。

之前说过，零君身上有种淡淡的洗衣粉味道，因为他衣服是手洗的，放在阳光下晒干后，还会有种草木的苦涩清香。我不排斥，很喜欢，嗅着那股若有若无的味道，紧紧偎在他身上，恐惧感很快就消除了……嗯，其实是人形坐垫太舒服，我差点睡着了。

看完电影，零君低头，问我："是不是要回家了？"

他趁机贴在我的脸侧说话，薄凉的唇时不时还能触碰到脸，吃点豆腐。

我脸颊发烫，如火在烧，点点头："下次再来玩！"

"什么时候？我可以先把电影选好。"

"两三天后吧，电话联系你。"

在零君家的时候，时间过得很快，没到要回家的时刻，我就开始惶恐，恋恋不舍地看着不断走动的分针。

事后我问了零君一句："我在你怀里的时候，你有没有想过做坏事？"

零君语气不善："你以为我忍得很容易？"

我干咳一声："那怎么没做？"

"吓跑了你，还有第二次吗？"

"也对……"我没想到这厮想了这么多东西，城府如此之深！

那段时间，一君也傻兮兮的，没怀疑他哥的动机——他哥明明不屑和那些家里经商的富二代华人厮混在一起，怎么性格大变，几乎每周都带朋友上家里玩？

我得知零君是一只腹黑大野狼，是在一个炎热的夏日下午。

我尿急，冲去厕所，和房间里“同病相怜”的一君撞了个正着。

于是，零君在走道那头深深叹了一口气。

黑夜

若是这一路无光，那便当作是在夜里行走吧。

我一想到世间还有一个你，

脚下的路也变得不那么刺骨冰冷了。

1

我惯爱跟零君撒娇，在他面前靠在膝盖上，任他揉圆搓扁，时不时抱怨：“哎呀，今天身体好像不舒服。”

零君看我一眼，问：“是不是空虚寂寞冷，手脚心出汗？”

“你怎么知道？”

片刻后，他慢条斯理地补充道：“这是懒成精了。”

“……”

2

这两天意大利变天了，一直在下雪，风刮得枝叶晃动，半夜起身都能听到窗外鬼哭狼嚎般的风声。

我没注意保暖，在实习时又感冒发烧了，浑身烫得难受，就给零君发短信：我好像发烧了，很难受。

零君心急如焚，很快回信：快和你那里的护士说一下，快去！问问她们，能不能让我过去接你回家！

3

零君一回家，就会先摸一下我的额头，嘀咕：“没发烧，很好。”

然后他凑近我的脸颊，就在要落上一吻的那一刹那，他突然悬崖勒马，语气不善地问：“偷吃橘子了？”

我支支吾吾道：“你怎么知道？”

“闻出来了。”

4

每次零君见我做错事，想要教训我，我就会当即变脸，捂住肚子滚到床上：“我胃疼。”

此话一出，他就是心肠再硬，都得咬牙忍下去，先捞我入怀揉肚子。

“你身体不舒服，我就是再生气，心都被你嚷嚷化了，觉得你可怜，哪里还舍得骂你？”他如是说道。

5

我肠胃很差，所以零君会限制我的饮食。

他害怕我年纪轻轻就得病，让他孤独终老。

时而，我会犯病，胃疼到什么都吃不下，就一个人在床上辗转反侧。

零君得知了消息，心急如焚，连夜骑车去路途遥远的M记买了我最爱吃的鸡肉卷。

那天天气很冷，由于着急，零君连外套都没带。

他把鸡肉卷护在怀里，生怕吹了风，给我吃到冷食。

当我收到的时候，我一触零君的手指，这才察觉鸡肉卷是滚烫的，而他的指尖冷若冰霜。

6

零君有一个小动作，每次我缩在他身旁睡觉，如果途中醒来，他就会盯着我看很久，继而下意识地抚摸我的头，哄我继续入睡。

我颇为不好意思，问他：“为什么这样做？”

“嗯……总觉得摸摸你的头，会避免做噩梦，你会睡得更香一点。”

原来是这样？我总觉得很温柔呢！

7

零君说我睡觉容易踢被子，所以他会把腿架在我的膝盖上，做好防御工作。

一天早上醒来，我觉得腹痛难忍，就对零君说：“可能是昨晚踢被子着凉了。”

零君冷哼一声，回答：“谁让你昨晚不在我家睡？”

我……我怎么可能在你家睡啊！

8

以前在零君家午睡，我闭着眼睛，又累又困，可实际上并没有熟睡过去。

突然，我察觉到额上一热，似乎是零君回家了，偷偷摸摸亲了我一下。

我心底一甜——果然吧，没有人能抵抗我甜美的睡颜！

9

高中时期，我英语很差。作业晚上补不完，我就耍小聪明，故意拖到第二天早上，以马上要交为缘由，寻找零君帮助。

我问他：“是不是从来没想过有朝一日会帮女朋友写作业？”

零君估计没料到我脸皮这般厚，嫌弃地回答：“走开一点，去年就写过。”

“哦。”

10

中午，家里食材清仓在即，零君就领我去超市购物。

我望了一眼水果区，看到最近的橘子色泽还不错，想来味道也好，于是，小心翼翼地申请：“橘子好好看，感觉会很好吃！”

零君瞥了一眼，不屑地回答：“里头是空心的。”

我震惊道：“你怎么知道？”

虽然我知道零君有很多隐性小技能，譬如能从色泽或是一些小细节上辨别菜的新鲜度，以及闻一闻食物的味道就能判断出还有多久过期，但我没想到的是，就连对橘子，他都颇有研究。

这些特技在寻常人眼中再普通不过，可在我看来，这就是修炼成精了，能完美应对生活中的方方面面，令我望尘莫及。

零君停顿了一会儿，意味深长地答：“我是一般人吗？你老公有什么不知道的？”

这……这厮臭不要脸！

我们到付账的柜台前，正好有个意大利人老太太拖着一车货物过来。

零君二话不说，直接上前：“我给您搭把手吧？”

老人愣了愣，许是没反应过来，可看见零君在帮忙了，又语无伦次地道谢。

到了要分别的时候，老人家很友善地问他：“谢谢用中文怎么说？”

“Xiè xiè。”零君回答。

“真是谢谢你们了。你们是夫妻？你是她老公吗？”老太太突然兴起问了一句。

我面红耳赤，干咳一声。

零君不害臊，慢条斯理地回答：“她是我未婚妻。”

大魔王一如既往的不……不要脸！

11

我和零君在 YouTube 上看了一些视频，里头有英国人自嘲数学差劲。

于是，零君做了个小实验，问班级里的意大利人同学：“8×9=？”

意大利同学微笑，得意地回答：“64。很难吗？”

零君沉默了良久，一句话都没说。

12

意大利人有点“崇洋媚外”。

上次讨论去哪里旅游，他们掐得火热。

最终，有同学一锤定音，说：“去哪里都好，德国、法国、西班牙，只要不是意大利国内城市！”

“附议！”

“附议！”

我：“……”

好好好，鼓掌。你们达成共识了，我为你们感到骄傲。

13

我从零君那里听到一件他初中时期发生的事情。那时候，零君住校，是年级里查寝的。

晚上，熄灯的时间到了，零君会挨个寝室查寝。住宿楼断电，只有厕所有灯，所以，总有人耐不住寂寞，干些小动作。

某次，他进一间寝室，见人没睡，问：“厕所灯怎么亮这么久？人呢？”

对方悠悠然道：“他们在上大号。”

零君蹙眉：“他们？”

同学干咳一声，掩饰一番：“那个……呃，两个人一起上厕所，一前一后，有什么问题吗？”

零君不信这个邪，去敲厕所门。只听得里头大喊一声：“敲什么敲！将军！”

他屈起食指与中指，再敲。

“别敲了！瞎吵吵什么！”

零君忍无可忍，推开门——结果看到两人蹲在马桶边，面对面……

隔天，就有学校通报批评：“× 班同学大晚上不睡觉，蹲厕所下象棋，在此给予通报批评，希望大家引以为戒！”

14

我和零君刚恋爱的时候，国外高中是在同一所学校，年级段不同。

一次，我早餐没吃就去上课了。课上到一半，管理人员提着一杯卡布奇诺以及一个鸡排面包到我班级，问："草灯在吗？你哥哥让我们送给你的。"

我面红耳赤，恨不得钻到地洞里去。

傻子都知道那不是我哥哥，是零君。

下课后，我去另外一栋教学楼，警告零君："下次不要再给我送早餐了，会被误会。"

"误会什么？误会你是我女朋友，还是我是你男朋友？"他顿了一下，笑问，"不过你放心，不用误会，大家都知道了。"

"……"算……算你狠。

"当然，你也可以选择早餐来我家吃，这样我就不会把早饭送到你们班了。"

我咬咬牙："行吧。"

从那时开始，我就养成了准时去零君家被投喂的好习惯。

事后想想，怎么总有地方不太对劲呢？

15

记得补习班有组织旅游活动，零君也去了。

我和他们玩了一整天，回家的时候，特意跟零君坐在同一辆巴士相近的位置上。

后座的位置是连着的四个座位，我和零君相隔不远，只要小心移动一点点，我就能贴近他的腿。

车内没灯，昏昏沉沉的，隐有月光洒进车内。

我偷看一侧的零君一眼，他像是玩累了，斜靠在一侧，闭眼休息。

我试探性地喊他："零君，你想睡觉？"

"有点困了。"

"哦……"可能是气氛太过暧昧，所处的位置又正好被前方的座位挡着，是后视镜的盲点，于是我大着胆子，用手指当人腿，一寸寸"爬"过坐垫，想碰到零君白皙的手指。

司机根本没注意到最后一排的小动作，专心开车。而当时天色昏暗，夜色壮人胆，我更加肆无忌惮地伸出手……

我的心跳难以抑制一般地加速，瞬息之间，兵荒马乱。我用手掌捂住胸口，害怕那如火山喷发般的汹涌响动会惊扰到旁人，甚至让零君听出异常。

都说少女情怀总是诗，相较于现在的肆意妄为，从前的小心翼翼，回忆起来，也泛着甜腻的糖果滋味。

当时，我几度退缩，想收回手，可又不甘心——稳住，稳住，就是碰一碰。既然想，那么就去做，没什么大不了了，也不会招人讨厌。

可能是想增添勇气，我再度唤了一句："零君？"

没人答话，可能是他睡着了，又可能是他没听清我的呢喃。

我脸颊发烫，比火烧还要灼热，针一点点刺入肌肤里，蛰伏其中。那一层热感就着四肢百骸，不断攀爬，汇聚到耳尖与脖颈处，继而发散，溢出些许细细密密的汗。

许是紧张，许是渴望，那种情绪莫名其妙，我也捉摸不透。

明明是微乎其微的一点小事，被少女的心神所扰，总能被无限放大，臆测出最严重的结果，击退自己原本所欲为之事。

停顿了几秒后，我还是鼓足勇气，擦着柔软的坐垫，慢慢用指尖触探他的手背……

“砰！”就在这时，车门开了。

居然是一君！

他三步并作两步跳上车，瞥见我和零君之间还有一个空的位置，连招呼都不打，就大大咧咧地坐了下去。

我一口血闷在心中——算你狠！

深渊

总有人为你爬出不见天日的深渊。

◇1◇

零君并没有寻常人想的那么坏，他对我很好。

每次去超市他都会及时打电话给我，询问我想要吃什么——再拒绝我。

◇2◇

昨天我想喝碳酸饮料，零君不让我喝。

或许是看我心情不好，他破天荒买了一瓶雪碧。

我最近看多了文艺段子，冷笑着说："昨天想要的，我今天已经不屑拥有。不是在最好年华出现的东西，错过了就是错过了。"

"哦。"

零君并没有按照我预测的那样再规劝几句，而是把雪碧严严实实地藏好，不再让它暴露到我的眼皮子底下。

当然，我也没想到我是这么容易"旧情复燃"的人，昨天想喝的雪碧，在我说了一番薄情的话以后，居然热度不减，我还想喝。

我觍着脸凑上去，说："牛奶喝完了，胃好像也不痛。"

言下之意是：那让我喝一口雪碧怎么样？

零君瞥我一眼，慢条斯理地道："那就喝水。"

"哦。"

◇3◇

零君还有一个同桌，是马其顿女孩，叫羊。

羊胸大臀翘，性感又奔放，在自己国家已经有男友了，但对零君很有好感。她曾经在他手臂写上玩笑话，向我宣战：我要和你竞争零君，零君是我的了！

最近羊和零君说："零，我和我男朋友分手了。"

零君不以为意，转头对着克里斯汀说："那我们可以在一起了。"

克里斯汀搭着零君的手掌，说："OK，我们在一起吧。"

羊："……"

克里斯汀似乎觉得补刀不够，又微笑着补充："没关系，羊，你可以当二奶。"

4

某日，羊对零君道："零，给我带包方便面好不好呀？"

她爱上了中国土特产方便面，各种口味都吃，特别喜欢老坛酸菜面。

零君看她一眼，讽刺地"嗬"了一声——没有。

许是和零君相处久了，秒懂中国人的一语双关的含义，此时，有同学和羊要东西，羊微笑道："我用零的方式告诉你好了，嗬。"——滚，没有。

5

零君这个人对外有很正直的"三观"，但对内就毫无原则，只要事情与我有关，他就会完完全全袒护我，信我即正义。

之前，他的小伙伴 K 君生日，提前打了电话给他，玩笑开得肆无忌惮，说：“什么？你女朋友也要来？她来干什么？我们自己一群兄弟的生日聚会。”

零君并没有介意什么朋友交情，而是迅速冷了脸，挂断电话。

他没有为朋友抛弃女朋友，而是先哄我，再在家里煮了一顿大餐当补偿。

我问他：“为什么不去参加生日会，而是选择在家里陪我？”

零君伸手抚了抚我的脸，温温柔柔地说道：“看你一副要哭出来的样子，很可怜，我舍不得去。”

“会不会不太好？”

“你最重要。”

“嗯！”虽然这有点像祸国殃民的妖姬，但是……我喜欢！

6

可能是太了解零君的秉性，我从来都不担心他和其他异性接触，相反还会觉得有趣，因为他搪塞不了又避之不及的小心样很惹人爱。

零君不会和其他异性聊天，也没有任何异性朋友，倒不是我约束他，而是他本能觉得有了女朋友，就该和所有人划清界限。

也有吃味的人在背后里嘀咕，说零君还没和我结婚就这样，结婚以后还不得把我宠上天了。

记得有次，我和零君窝里反，吵架了。

零君朋友给他上眼药，说：“她脾气这样，你忍得了？”

明明和我还闹得正凶，零君也不许其他人说我半句不好，冷冷扫过去一眼，说：“我女朋友，轮得到你指手画脚？”

7

意大利人有点蠢萌。

某次，我去实验室上课。

和我关系好的女孩子先去了厕所，我则在实验室等她。

隔了一会儿，某个男同学忧心忡忡地问我：“过去二十分钟了，你真的确定她还活着吗？”

我：“……”

8

零君闲来无事会翻看一下朋友圈，凑巧看到他同学女儿的照片。

这厮转头，幽怨地说：“看，这是我同学，他女儿都这么大了……”

我一抬头，正巧对上他炽热的目光，烫得我通体发麻，紧张兮兮：“那你看我干吗？”

9

我性格内向，很胆小，对外界事物又比较敏感，按照零君的话说，就是受惊了缩到角落里的猫，必须好声好气才能哄出来。

在学校里，大家都知道我和父母关系不亲近，所以都把零君当作我的监护人。高中时期，我的班主任也会直接找零君反馈我的情况，她忧心忡忡道：“（指我）是不是有什么心理疾病？为什么平时一句话都不肯说？”

零君很怕班主任对我产生误解，急忙解释：“她只是比较害羞，所以不喜欢说话。”

等我到他家了，他又苦口婆心地劝我：“平时胆子大一点，和意大利同学说说话。”

我很别扭，说：“我不敢，害怕他们说我语言不好……而且有一些人很坏。”

那时候因为我是插班生，也有男同学比较过分，有欺凌我的状况。一放学我就揪着零君的衣服号啕大哭，他气得差点冲到我学校揍人。

也可能是那时候产生的阴影，又有家庭门禁的问题，我一直很抵触和别人接触，逐渐变成了社交困难，一见人就口舌笨拙的样子。

零君叹了一口气，温柔地揉揉我的头发，说：“别担心，凡事都有我保护你，要是遇到什么不好的事情，就来和我说。我还在你身边，有什么好怕的？大胆一点，接触一下别人。”

10

昨晚我做了一个梦，不知是最近看了什么电影，梦里的剧情也毫无逻辑、光怪陆离。

在梦里，我有一个伯伯，他是医科大学的教授。他好像想利用我做什么人体试验，没有好好诊断我的病，反而开一些无关紧要的药，放任我脑里的瘤子越长越大。

有一天，我一摸右眼眼皮，感觉在眼睛缝隙之间有什么突起物。

很快，我意识到大事不好，就和零君说，要去医院看病。

但是病症很严重了，我没有完全的把握。往昔的画面放电影似的，一帧帧在我脑海中放映。

我很害怕，不知道这个病能不能治好，万一手术不成功怎么办？

我和零君还没结婚，还有好长好长一段路要一起走。我不甘心，也不想生病。

那一刻，我觉得自己很悲哀，也很无助。

因为人生是没有第二次的，一旦我丧失了感知这个世界的能力，我就会陷入长眠，和砂石、泥土没什么两样。

到晚上了，零君必须放我回家。

我和他被一条灯火辉煌的街道隔绝在两地，往来人潮汹涌，隐隐约约露出零君的脸。

他还是一如既往地温柔笑着，小声劝我："快回家吧，明天见。"

我迟疑地抬抬手，然后转身，一个人走了。

做完这段梦，我立马就惊醒了，后背汗津津的。可能是噩梦过于真实，我又下意识伸手触摸了一下右眼——幸好，什么都没发生，我松了好大一口气。

11

我生病的时候，零君总把我照料得很好。

可轮到他病倒了，我没有经验，就总是笨手笨脚，经常出一些状况。

记得之前一次，零君生病了，待在家里休养。我心急如焚，特意掐着点儿赶火车。见车门关了，我居然徒手掰开车门挤进去。

上了车，我松了好大一口气，给零君打电话："安心吧，我上个车还是没问题的。你乖乖躺着养病，等我回去。"

就在这时，我下意识望向窗外——这辆车往反方向越开越远，而我真正要乘的那辆车姗姗来迟。

我犹豫了半晌，最终和零君说："我好像，上错车了。"

零君斜卧病榻惊坐起，难以置信地喊："什么？！你车坐错了？！"

后来经过几番辗转，我还是抵达了零君的家里。

他发烧烧得厉害，整个人蜷缩在被子里一动不动。

我很心疼，只能煮了水，喂他吃药，然后陪他一起……饿。

还有一次，我见零君饿了，又没力气煮饭，只能凭着记忆里的模糊画面，自己掺面粉，煮面给零君吃。

结果，实际成果和想象画面相差甚远，面没拉成功，变成了面饼，又硬又结实。

我小心翼翼地端给零君，喂他一口，委婉地说："不太好吃，你如果饿了就随便吃一点。"

我反正尽力了。

哪料到，这面不知有何种魔力，零君几乎跟上瘾了一般，小口小口地把一整碗都吃完了。

或许他是不想浪费我煮的东西，可是这么难吃，也亏他能咽下去。

12

零君最近肠胃不好，上吐下泻，又加上重感冒，就在家里卧床两天。

我也去他家陪他，虽然我能做的事情不多，就是在被子里看看电视，由着因生病而变得异常黏人的零君抱住我的大腿睡觉。

只有在生病的时候，这个男人才会露出这样异常柔软的一面。

我心疼地问他："头还烫吗？"

零君很虚弱，轻咳两声，回答："还有点烫。"

"哦。"我把被冻僵的两只手搭在他头上取暖，或许是觉得目的太明显，我又不自觉喟叹了一声——"好暖和"，导致我遭到了他的暴击。

我委屈，想哭。

等到他昏昏沉沉睡到下午，他终于想到了隔天还有课，就披衣起身学习，留给我一个孤孑的背影。

零君有一个怪脾气，一旦开始学习了，发生什么事情都不会理。他可以完完全全沉迷学习，无法自拔，连分一秒钟给手机的时间都没有。

我喊了两声，见他不理我，心里狠狠地骂道："见异思迁"的男人，有了学习就忘了我！

零君突然回头，冷漠地回答我："女孩子都是男人事业路上的阻碍。"

"哦。"想来我也没妲己那样倾国倾城的美貌，可以勾得君王不早朝。

13

说一件现在想起来，也少女心怦怦然的事情。

零君很少和我接吻，也不是不亲，就是他觉得接吻很容易感染各种细菌，譬如嘴唇干裂的时候接吻，就可能会碰到对方的血；又或者我有口腔溃疡的时候接吻，他唇腔里面的细菌就会渗入我的伤口，引发一些疾病；又或者感冒了，病毒交换形成新的病毒之类的。

这个男人操心的事情数不胜数，什么都想一点儿，就变成了现在这种进退两难的局面。

昨天我们一起去吃了寿司，我和他抱怨："你都没有和我接吻！很久很久了！"

零君含糊其词："没机会。"

"怎么没机会？这公园里也没人，不都是机会吗？你就是不想！"

他好像拿我没办法，拉我到一侧的长椅上坐下。他也没直接动手，反而陪我玩了一阵，然后突然用粗糙的拇指抚摸我的耳后，随即吻就接踵而来，从脸颊、鼻尖，一直落到唇上，浅尝辄止。

我也就是嘴上厉害，一干正事立马就怂了，缩起脖子，推搡："这里人多。"

他似笑非笑："你不是说不怕吗？都是骗人的？"

"反正不要了。"

"还不够。"

"我说不要了就是不要了……"

14

不知道这在情侣之间是不是常态，或许是因为平日相处太多了，我和零君每天晚上都会梦到对方。

我想起很久以前做了一个梦，梦里的零君因为什么事情，没有声息，醒不过来了。

我一直咧嘴苦笑，觉得这不是真的，连他下葬被烧成灰，也没有去看一眼。

于是，我开始周游世界，想要在某个角落寻找零君。胸口一直郁结着一团气，我强忍住不肯接受现实。

不知找了多久，可能是千年万年，我真的找不到零君了。在那一刻，我才清楚意识到，零君已经不存在了。

几乎是一瞬之间，胸口滞留的郁气消散，心脏钝痛的感觉袭来。我不知所措，蹲在地上号啕大哭。

我真的哭了很久，也很伤心，一觉醒来，心脏还有种干涩的疼痛，是生理上的，并不是夸张的修辞写法。

我再一抹脸，是湿的。

那时候，我的脑海里突然出现了一句话——只要想到世界的某个角落还有一个你，整颗心都会变得温暖安定，因为，我义无反顾地来到这个世界上，就是为了……找到你啊。

15

记得有一次做梦，梦里我是一个抑郁症患者，偶尔情绪上来，就会想跳楼。

零君吓得半死，于是将我困在家里，软磨硬泡和我生了一对龙凤胎。

一旦我有异常想法，他就哄我："孩子还小，你什么都别想，好吗？"

咦，梦里的零君怎么也这么狡猾？

16

刚恋爱的时候，我放不开手脚，总觉得背着别人谈情说爱是罪无可赦的事情，是我永远都不能说出口的秘密。

于是，我在外面对待零君，会比和他私下相处时冷淡许多。

可那时我天真烂漫，完全不懂这样异常的举动在别人眼里才是有猫腻。

一次，等补习班下课后，我故意放慢收拾书包的速度，想等教室空了以后，制造一个和零君独处的机会——之前到处都是学生，我和零君私下聊天都不敢。刚恋爱的时候最渴望和恋人朝朝暮暮黏在一块，能看却不能碰，想来也是刀割似的煎熬。

天色渐渐暗了，送我回家的校车还没到，我还有理由和零君在教室里独处几分钟。

不知他是否猜到我的小心思，那时竟也很配合，旁若无人地翻书，记下翻译过的页数。

教室空了，火烧夕阳也映入落地窗，白净的瓷砖上铺就一层黄灿灿的光，刺眼又夺目。

气氛正好，能利用的时间并不多。

我轻轻拽住零君的衣袖，小声问："没有人，可以抱一下吗？"

他看我一眼，不知是羞涩还是紧张，点了点头，一句话都没说。

或许一开口就会暴露他的期待之意？又或许一开口，就会将我好不容易鼓起的勇气击溃？

无论是出于哪种原因，他的淡然反应都恰到好处，既不会把我逼得太紧，使我落荒而逃，也不会太过冷淡，让我无所适从。

我深深吸了一口气，靠近他……就着明亮度恰恰好的阳光，就着温度恰恰好的暖意，就着柔软度恰恰好的棉质衣料，将脸贴上零君的后背。

原本飘忽不定的心脏在瞬间得到了安抚，某种强烈的幸福感将我淹没——原来这就是抱男人的感觉？这个男人……是我最亲密的人。

躯体相撞在一起的触觉陌生，却又熟悉。

我的鼻尖都是零君身上淡淡的肥皂味，还有阳光晒干了木质桌面所传来的酸涩味，混杂在一起，肆意交会在一处，融为一体。

当时的感觉，说不特别，倒也没有，只是心脏搏动速度很快，我手心汗湿，想抱紧他，又不敢，反复挣扎，最终因为紧张，什么都给忘了。

其实我们就抱了一分钟左右，校长上楼喊人。

零君怕我被看到，很快握住我的手腕，扯开，装作淡定地说："你收拾好了吗？校长说车来了，你可以回家了。"

我脸颊通红，怕被人看出端倪，很快回答："哦，那我马上下去。"

随后，我风一般地蹿下楼，好似离零君越远，我和他的秘密关系就越隐蔽，不会被人发现。

17

我每次从零君家回家，都会给他打一个电话报平安。

有次半路被我妈妈堵上了，我就陪她逛街，忘记给零君发短信。

逛了一圈后，我抬头，突然见某一处巷口站着一个人，正是零君。

因为那时候我们是地下恋，所以我没敢吭声，和他擦肩而过。

事后，我才听零君说："我见你没发我短信，吓得要死，骑车满大街找你。幸好找到了，所以就待在那里偷偷看了你一会儿。"

就这样简短的一句话，让我的心脏似被手掌握住了，我半天都透不过气来。

这个世上，怎么会存在这样让人心疼的男人？

18

零君以前很容易害羞，是个青涩的少年。

在那段青葱岁月里，他也做过许多"年少疯狂"的事情，譬如写情书。我现在还在柜子里锁着四五封厚厚实实的情书，字很丑，但能看出他一笔一画写得格外认真。因为他不认真写的时候，字更丑。

今天背着零君，我在这里列举几封信的内容，大概是他五年前写的——

"小笨喵：

嗯，我已经对着这张白纸看了好久好久，可是就是不知道该写些什么。明明之前写过一次，可想了这么久也就想到一句话——我爱你。（这句话好像是精华？简单清晰，明了！所以，详细的我就不多说了……嗯，虽然不说的话，下次肯定要被你欺负。）我是不是对你太好了，给你写情书什么的，所以，亲一下我？抱着我说爱我？

我爱你！

没错，我也爱你。

以下省略，不，不要吐槽，我会很害羞……

明明你才是笨蛋，可为什么我总有种自己才是笨蛋的错觉？你是不是很失望？今天明明是七夕，你却没有收到我的礼物。我忘记了，而且知道七夕节的时候，也没有时间准备了。所以，就请你把这封情书当作礼物吧。真正的礼物，会在之后给你补上。摸摸头，要乖乖的。

小笨喵在做什么呢？是不是很高兴？有没有被妈妈找麻烦？诸如此类的问题，我可是经常在想的。我很想你，日复一日，夜复一夜地想。我似乎已经离不开你了，你一定会是我的。

这些天，你对我发脾气了，我很伤心，差点又想哭了。但我是男子汉吧，怎么可以流眼泪？我忍住了，也必须变得无比坚强才行，不然就无法保护你了。我会好好照顾你的，所以你要相信我。你说过所有的事情都会告诉我的，我是你的依靠，所以你要好好依赖我才行。

所有和你有关的事情，对我来说都是大事，如果你不完全告诉我，可是会导致我对你照顾不周的。所有让你好好听的话，我都是通过深思熟虑才得出的。

我们已经恋爱了一百八十一天，感觉和你在一起的时间都过得好快，又想时间再过得慢一点。一想到未来会和你在一起，我就觉得非常幸福。能遇到你，真是太好了。

最后，我的字是不是变好看了？为了这封信，我练了很久。

——你未来的老公大人 + 心上人 + 男朋友 + 闺密 + 朋友。”

另外一封，我也想列举一些小句子，留作纪念——

“小笨喵：

我运气很差，写了一点的信被大风刮走了，后来就没找到过，只能重新写一封了。是不是觉得很可惜？本来可以看两封的……摸摸头，没什么关系，反正写情书的机会很多。

时间过得好快，一瞬间就过去一年了。从初次见你时的冷淡，到现在不见你就分外想念，前后差别还真是很大。

都说快乐的时间过得最快，有你陪伴的这一年我很幸福。我高兴的时候，你在身边；我难过的时候，也有你陪伴我。

不知道从什么时候开始，你变得这么会安慰人了，被你抱着都会觉得很治愈，嗯，还想更贪心一点。

想到在认识你之前，我一直一个人默默伤心着，出了事情，连妈妈都不会告诉。我总觉得你很关心我，一旦我生病了，你忙完一切就会马上来看我。（虽然你一走，病又复发了。）明明你是很怕麻烦的人，想一想，心里也很暖。

……

脸红了，好像告诉你太多关于我的想法了，又让你看了一次丑字，对不起。

最后，爱你。

——你的老公大人。”

我正想翻过去，结果在信封背面又发现了彩蛋，那是零君用意大利语写的情话，下面加上了我翻译的版本：

“Ti amo,non è a causa della tua bellezza,

Che è causa dell'emozione,

è quella che sfioro quando,

Stiamo insieme

A carezziamoci, abbracciamoci e baciamoci.”

（我爱你，并不因你的美丽，而是源于感觉，那种，当你我处在一起，所感受到的一切——触摸，毫无芥蒂；拥抱，全无保留；亲吻，难舍难分。）

以前青涩的邻家哥哥零君，相比现在收拾起我来得心应手的大魔王零君，真是温柔得要命。

我质问零君：“你以前容易害羞又温柔，为什么现在变了这么多？！”

零君：“我现在也在好好照顾你，和以前没差别……不过，你不觉得我现在更有魅力一点？还认为我之前更好？”

“你现在既霸道又强势！”

“那你喜欢这种霸道吗？”他问。

“不喜欢！”我斩钉截铁地说道。

香水

所谓占有欲，就是想把你整个人敲碎了带回去，

连独有的气味都不肯放过。

1

零君在制作午饭前都会按照惯例带我逛超市。他提着篮子，在蔬菜区里挑挑拣拣，问：“想吃什么菜？”

“谁要吃菜啊！”我嫌弃地看了一眼他手里的绿色食品，健步如飞地跑到了肉区，高举起鸡肉。

零君面无表情：“……”

2

零君有点事情，不去上课。

临睡前，他问我：“身上还有钱吗？早餐吃什么？”

“没钱了。”我装可怜，逗他，“没关系，我可以看着别人吃。”

零君笑了一声，心疼地说：“来我家吧，我早起做鸡蛋面包给你吃。”

3

最近出了《生化危机 7》单机游戏，在宅男圈里热销。

零君的同学克里斯汀兴奋地说：“零，你是我最好的朋友，你会买游戏给我吗？”

“不会。”零君毅然决然地拒绝了他，打碎了他的好朋友梦。

隔天，克里斯汀又上来，紧紧搂住零君的脖子，兴奋地道：“零，你不用给我买了，已经有人给我买了！”

零君憋了一会儿，低低回答：“我本来就没想买给你。”

“……”

4

零君不仅是我男友，还是我生活中的导师，包括心理医生。

我有烦恼和压力，就会让他停下手头的工作，和我面对面，促膝长谈。

零君说："要说压力，你知道我每天都在做什么事情吗？我每天早上要早起一个小时给你煮饭，中午需要花一个小时陪你午睡，时不时安抚你的情绪，思考你每天一日三餐饮食方面要如何均衡、最近身体怎么样、月经是不是准时来、和上次记录的日期迟了几天，以及便秘是不是痊愈了，甚至你最近考试有没有及格也在我管辖的范围内……不只你的事情，还有我自己的学业和生活。我每天都这么'充实'，比你累多了，你还有什么资格不开心呢？"

5

零君喜欢化学，在国内上高中时，化学一直都是全年级第一。

一次，有读者点开零君的聊天号，惊喜地喊："零君的空间背景居然是元素周期表！"

我和其他人哄堂大笑。

等到零君回家，他语气不善地问我："为什么吐槽我的元素周期表？"

呃……

6

做题时，零君看我不看书，单手撑头，问我："如果我想要亲你，我该怎么做？”

“什么都不用做。”

“你就给我亲？”

我瞥他一眼，恶声恶气道：“我就揍你。”

7

零君有和我说关于他在国内的初中语文老师的故事。

他初中语文老师就是和自己老公从初中开始就认识，一路恋爱到大学毕业后结婚，然而在此期间，他们的家人都保持反对态度，也从未给过他们祝福。

零君说：“两个人辛辛苦苦熬了这么多年，已经完全磨合了性格，并且还能修成正果，这一点很好。”

我问他：“那么，你是因为受他们影响，所以才坚持初恋没有放弃吗？”

“有一部分原因是这样的，但对我来说，遇到一个对的人很难，就算在一起的时候辛苦一些，熬一段时间，也比到最后分离，拿不起放不下，抱憾终身的好。”

我愣了愣，久久说不出话。

是这样的，总有恋人分离几年之后，匆匆回首，感慨如果当初不放开对方的手，又会是怎样的结局。我们早该设想到这些的，也正是不敢去赌放下所付出的代价，这才咬紧牙关，为爱情，与全世界为敌。

8

我考试时粗心，挂了零君私下教的一门课。

我心惊胆战，一见他，就装乖："我有一个好消息和一个坏消息，你要先听哪个？"

零君诧异地看我："好消息。"

"我有一次补考机会。"

"说吧，考了几分。"他语气不善。

我胆怯，越说声音越弱："四十（转换成国内百分制）……"

他深深吸了一口气，沉默了。

9

零君特别喜欢毛茸茸的动物，就连平时都喜欢把我抱到他膝盖上，无比宠溺地揉揉头。

之前出门，路上偶遇一只软绵绵的小奶猫，它不怕生，还喜欢和零君撒娇。

等他肆意抚摸一番后，他上网查询猫的肢体动作，然后惊喜地和我道："原来这些东西都是表达好感的意思，那么多只猫和我表白了！我好受欢迎！"

我深吸一口气："……"

我的情敌居然是一群猫？心理落差有点大。

10

零君从来不要表情包。

一日，他突然给我发了一个“老婆好可爱”的仓鼠表情包。

我极为惊恐，问他：“你表情包哪里来的？”

零君皱眉：“你群里读者给我的。”

“……”这群人真是好的不教，专门教坏的！

11

女孩子可能每个月都有几天情绪烦躁，我偶尔会莫名其妙地怼零君。

我说：“以后结婚，我也要分房睡，反正就是不和你睡！”

零君侧头，问我：“那你踢被子怎么办？”

以为区区这样就能戳中我的软肋？嗬。

我：“不要你管。”

他微微一笑：“那家里不开暖气了——”

我一脸惊恐：“……”

因为我性格像猫，身体凉，喜热，冬天因趋热体质，我会不由自主地追随热源，首选就是手脚温热的零君。

当然，还有一种例外的情况，就是家里有暖气的时候。

12

零君比我纯洁，我真的很不想承认这个事实。

记得有次聊天，他说了句：我想让你吃我的……

我等了好久都没后文，惊得险些原地蹦起，当即发过去一个震惊的表情，以及一串感叹号。

没想到零君深藏不露这么多年，内心这么粗暴色情。

半晌后，零君才慢悠悠敲了回复：刚才漏字了，是吃我煮的。你说吧，你想了什么？

我心虚，哪还有脸说：没……没想什么啊。

13

零君平时口舌并不伶俐，偶尔神来一笔真的能撩到人小腿肚发麻。

让我印象比较深刻的是他郑重其事地和我说："我要你风光嫁给我。"

当时，风雨交加，遮蔽了我的耳与眼睛，他具体说了什么，实际上我并没有过多的记忆，我只知道他这次的承诺与寻常不同，深褐色的眼睛比天上的星辰还要璀璨。

——那好，我等你娶我。

14

零君像个老年人，连微博都不会用，之前使用一下，还是为了绑定游戏账号。

为了增添他生活的乐趣，我就给他关注了许许多多乱七八糟的人，让他获取四面八方的讯息，排遣寂寞。

零君突然举起手机，指着某个详解不可言说的姿势的微博，问我："给我关注了这么多博主，是为了告诉我，某些不可说的事情吗？好吧，你喜欢哪种 play？”

我哑口无言，一瞬间深深感受到了何为搬起石头砸自己的脚。

15

闹脾气的时候，我会怒气冲冲地喊：“我讨厌你！”

零君就会压低声音，委屈地回答：“没关系，我喜欢你就好了。”

又觉不够，他再补充：“反正你讨厌我也不是一次两次的事情了。”

16

零君在国内很招女孩子喜欢，因为他的性格温柔，成绩又好，高中和初中时期，他的化学、数学这些理科成绩一直都是全年级第一。不乏女生和他表白，但他很迟钝，没有去注意过暗恋他的女同学的心意。

我问：“那有没有女生刻意亲近过你？”

零君想了想：“好像初中的时候，有女孩子说手冷，让我给她暖暖。”

我嗅到了大料，兴致勃勃：“然后呢？”

“那天天气一点都不冷，她的表演也很生硬。”

“所以？”

“我说，我不觉得冷，有什么好暖的，你去找别人。”

我笑得花枝乱颤：“你怎么这么不解风情？”

“我不解风情？我帮她暖手做什么？我又不认识她。”

我继续追问：“那高中呢？有没有女孩子亲近你？”

“嗯……好像有女生刻意坐到我旁边，问我题目。”

“还有其他的吗？”

“譬如有外校的女生大晚上不睡觉，打电话给我表白？”

这厮桃花居然这么多啊？

我咬牙切齿道：“还有吗？”

“之前室友逼我给他女友唱歌，隔天，他女友找上我，说要交个朋友？”

“你怎么回答的？”

“摆冷脸给她看，拒绝了。”

我吃醋的心情稍微平复了一点，问他：“为什么拒绝了？这不是挺好的吗？这么多人喜欢你……”

“朋友的女朋友找上我，这算什么事？”

我问：“那还有没有？”

他老老实实，一股脑都说了：“出国的时候，被室友的女神堵角落里表白了……她还说可以等到我回国。”

“你答应了？”

“不敢。”

“女神，肯定很好看，怎么不答应？”我冷笑着问。

零君苦笑：“哪有你好看？何况，她是我室友喜欢的女孩子，我还有点良心。”

我恶声恶气地说：“我都没有被人表白过，你居然在外面勾三搭四！”

“嗬，”零君冷笑一声，“都和我过了，还想有别人表白？嗯？”

我很快怂了。面对怨气满满的魔王势力，我不得不低头。

其实，那时候我也想着，如果在国内，我认识零君就好了。那样我或许就能早点占有他，早点宣誓主权，不让任何人霸占他。

可到后来，想了想，我也以一笑置之。如果我们在国内认识，未必有现在这样幸福的结局，或许会遇上其他的意外或险阻。既然上天安排我们此时相见相识，那必然就有它的道理与缘法。

《最完美的离婚》里有一句对幸福的诠释，我觉得说得很对：罐头是在一八一〇年发明出来的，可是开罐器在一八五八年才被发明出来。可是，有时候就是这样的，无论爱情还是生活，重要的东西有时也会迟来一步。

17

我突然想到了从前万圣节的时候，和零君去别的小镇参加化装舞会。

意大利这边每个小镇都有属于自己的教堂，而且距离都不远，大概半个小时就能从一个城镇抵达另外一个地方。化装舞会是在市中心，有尖塔一样的钟楼，旁边是教堂。那时候的月亮很大很圆，边沿是橘黄色的，隐隐有一线猩红，就这么悬挂在荒芜的草坡上头。

由于天黑了，我很害怕，就一直牵着零君的手，跟他从黑漆漆的小路一直绕到小镇中心。

我没有穿奇装异服，但零君给我买了一个深黑色的小帽子发夹，帽子两侧是薄如蝉翼的黑纱，周围贴着黄色的鬼怪南瓜图案，很有节日气氛。

当我们抵达的时候，舞会已经开始了。露天的舞台上有人在领舞，所有意大利年轻人都跟着节奏跳舞。就这一点来看，外国人真的很捧场，无论在什么场合都能嗨起来。

我胆子小，时不时回头看一眼零君。他用眼神鼓励我也跟着跳，即使我动作僵硬，完全放不开，他的目光也依旧温柔，饱含宠溺。

玩够了，零君买了热腾腾的比萨给我吃，喂饱了，这才牵起我的手，往家的方向走。

回去的路是经过墓园的，没什么灯光，两侧又是田野，时不时传来呼啸的风声以及莫名的骚动。

我怕得更贴近零君了，小声问他："能不能背我？"

零君没有拒绝，很自然地蹲下身子，让我趴到他的背上。

我一边搂住他的脖子，一边嗅他身上暖乎乎的气味，说不上好闻还是不好闻，只知道他的体温很高，从裸露在外的脖颈处散出，煨烫我整个脸颊。

我趴在零君宽厚的肩上，嘴里和他念叨着今天的所见所闻、所思所想。

明明那夜风很大，天也很黑，可我并不觉得寒冷和惧怕。

或许是有零君在的缘故，我私心想这一路长一点，再长一点。

如果能让他背着我走一整夜，再也不要回家，那就好了。

鸡排面包

若是这世间有一物能与你比肩，

那便是鸡排面包吧。

1

零君昨天给我买了制作鸡排面包的食材，我一大早就从床上爬起来，满怀期待地等他抵达火车站。

结果，在我看到鸡排面包的那一瞬间，我如石化一般凝固住了。

零君为了让我吃菜，无所不用其极，只见面包里面放着三四片比手掌还大的沙拉菜，层层包裹住只有小指头粗厚的鸡排。

吃完了，我十分不满，捂住肚子哀号：“肚子疼。”

零君紧张地望向我，问：“是冻着了，还是说……你不能吃沙拉菜？”

我认真地回答：“恐怕是不能吃沙拉菜吧。”

“胡扯。”他一听我的回答就知有猫腻，很快放下心来。

2

和零君玩游戏，打到一半，他总给自己加戏，大义凛然道：“给你自己加血吧，虽然我知道你很想保护你的老公大人。”

我回敬他含情脉脉的眼神，憋了一会儿，出声：“我本来就是给自己加的血。”

“……”

零君沉默了，这女朋友是真的？

3

零君堂弟要回去工作，临走前，他背对零君，低语：“有没有什么我遗忘的告别礼？”

零君："没有，快滚。"

"……"

4

等车时，我和零君打电话。

他突然细语了一句："我去厕所，小号。"

我敷衍地应了两声，突然，脑内灵光一闪，朝他大喊："公厕很脏，你记得不要坐下去！"

那厢，零君沉默了半晌，然后一字一句委婉提示："我又不是女孩子，不用坐……"

"嗯？"我愣了半分钟才反应过来。为了掩饰尴尬，我面红耳赤地咳了一声。

5

下雨了，明明有两把伞，零君却只提了一把，走到雨里。

我犹豫不决，站在台阶上。

他淡然道："过来，挽着我，不然会被淋湿。"

"……"我欲言又止——可明明有两把伞啊！

心机零！

6

零君要去外地，我很舍不得，也担心他会看上热情似火小野猫。

于是当晚，我与他促膝长谈。我认真叮嘱他："你要知道，一个女孩子无论多好，只要她在你有女朋友的情况下还在你面前尽情展现她的好，那么她就是白莲花、绿茶婊，绝无二话！”

零君愣了一下，笑开了：“完了，我家小宝贝把我当傻子了，我可是有老婆的人。”

我愣了，脸上发烧。

老……老婆？

不……不要脸！

顿了一下，我还是担忧道：“你去外地，会不会和其他女孩子好？”

零君：“不会，也没人看上我。”

“万一她们饥不择食呢？”我忧心忡忡。

他咬牙切齿：“你再说一遍？”

7

零君可糙了，平时虽然爱干净，却从不保养。

于是，我只能操心，帮他擦面霜。

我：“最近皮肤变好了很多。”

他笑道：“那你是大功臣了，朕要给你赏赐。”

“嗯？”

话音刚落，他凑过来，亲了我一下。

8

我和零君闹脾气了。

最近他总是生病，其实我也理解他情绪烦躁，因为他头疼，还胃疼。

但今天，我和零君提了一下：“读者说想听你唱歌，你录吗？”

他不知哪来的烦闷情绪，声音提高了一点，说：“我很不舒服，可以不要总逼我做事情吗？”

我是第一次被零君凶，愣了一会儿，然后默默挂断电话。

他像反应过来自己的不对劲，连打了好几个电话，我都没接。

因为我也是第一次恋爱，从没经历过其他恋情，毫无对比性，之前又听说有七年之痒这种东西，所以我很害怕现在是在经历这段时期——相处这么多年，零君厌烦我了，所以就想要分手？不然他为什么会凶我？他从来没有对我高声说过话的。

我越想越委屈，很难受，还心酸，就有点想哭。

等了一会儿后，零君不断骚扰，我就接了电话。

他声音很软，一字一句说：“我很喜欢你，我很爱你的，你感觉不到吗？”

“在你凶我之前，我还是可以感觉到的。”

“我最近身体很差，而你又因为读者的要求，不关心我的身体……究竟是我重要，还是他们重要？”

我其实也能懂他的潜台词。零君是很没有安全感的人，他因我的追随与喜爱而自信，也因我的摒弃与厌恶而自卑。他不知道自己有多么优秀，也不知道我究竟有多依赖他，只是想变得更好一点，不要让我找到机会抛弃他。

可能他是太喜欢我了吧，所以总会和不相干的东西一较高下，不想任何人与事物占据我心中 NO.1 的地位。

我不说话，他又装可怜：“你别不理我，我很难受，心里很不舒服。”

我依旧不想理他，就晾着他说：“我去缓缓，挂了。”

我再接电话，怕是要心软。他做错了事情，我总要让他知道其中利害。

大概过了一个小时，我感觉给零君的惩罚也够了，就再打电话给他。

他马上凑过来，低声喊：“小宝贝，我很想你。不过，你再等一下。”

我不知他搞什么幺蛾子，等了大概两个小时，他发了我一个录音，是他翻唱的歌。

我问：“你想讨好我？”

“对。”零君老老实实地承认。

原来他还知道之前是因为唱歌惹我生气，我哑然失笑，这个男人真是……

9

之前，零君生病，一连请了一周的病假。

他刚回学校，就有男同学扑上来，紧紧搂住他，说：“零君，我好想你啊！这个月有九天没有看见你了，不对，算上假期，已经十几天了！”

“……”零君石化在原地。

10

还记得一次梦境，我在一片灰扑扑的田野里迷路了。

各个路口都有陌生的路牌，我徘徊很久，都没找到出路。前方都是深邃的暗道，我怎么都无法从中逃离。

隐约间，我看到模模糊糊的画面——有人点了一盏灯，守着我的身体，问我为什么还不醒来。

几乎是瞬间，我就惊醒了。

我擦了满头的汗，再一看手机，原来静音了，而在这段时间，零君很着急，给我打了无数个电话，还发了短信留言。

11

我有在床头等零君睡醒的习惯。

隔了半小时，突然从被窝里伸出一只手，揉了揉我的头。

我愣了一下，抬头，问他："还没睡醒吗？"

零君闭着眼，微笑着点点头。

"那我再等一会儿……"

12

我体弱，常常会半夜因噩梦而惊醒。

我醒了又不敢打电话给零君，因为他睡眠不好，万一被我吵醒了，可能一个晚上辗转反侧，极难入睡。

我抵着手臂，恍惚间又睡着了。

我突然想起以前我胆子小，大概是十六七岁的年纪，父母不在家，在外工作，一栋楼只有我一个人住，因为要省下水电费的钱，所以楼道灯都不会开，就小房间里开着一盏橘色的台灯，锁好门。

也幸好那段时间一直有睡前和零君打电话的习惯，这才稍微将我的恐惧减缓。我想上厕所，也不害臊让零君的声音陪着，就怕从哪个暗处钻出奇怪的生物。

睡觉必须关灯，可我不敢，只能让零君等我躺在床上，过了五分钟之后再挂——在这短短的五分钟内，许是感觉零君在身侧，我总能睡得很安心。

偶然一次，我睡了二十分钟就因尿意起身，抬脚踢到手机，发现屏幕还亮着。

我心口抽疼了一下，下意识对着仍旧亮着的屏幕轻呼："零君？"

"没睡着吗？"很快就有他的声音回应。

我哑口无言："不是让你五分钟就挂吗？你一直都等到这么晚？"

他顿了一下，回答："怕你一个人不敢睡，习惯听一下你那边的动静，没声音了就表示你安心睡了。"

我抿了抿唇，总觉得这男人珍视我的程度比我想象的还要深。鼻腔酸酸的，不知道是什么情愫在泛滥，蔓延整颗心脏。

"你是笨蛋吗？"

"早点睡。"

"嗯，上了厕所就睡。"

我将手机放在一侧，在零君的陪伴下再次睡着了——这一晚，我隐约听到他在手机那头低呼一声："晚安，我爱你。"随后他挂断了电话。

愿我此生不再伤害你，余生也想和你在一起。

晚安，我也爱你。

13

意大利的冬天真是越来越冷了，还没到国内寒冬腊月的时季，就开始飘细细碎碎的小雪。

我的手套丢失了，至今我都没购买新的。要不是冷得实在受不了，害怕生冻疮，按照我的懒散性格，不到最后关头我绝不会购买新的。

我哆哆嗦嗦，和零君提起："我好冷，要去买手套了。你要吗？也给你带一双吧？"

此言一出，我想零君肯定会很快地催促我去买，毕竟他很担心我受冻，我有一点不适就火急火燎的。

可这次不一样，他停顿了两秒，说："货行里面的不好看，你还是别买了。"

他居然阻止我？这不符合他爱操心的性格，这里头肯定有猫腻。

我盯着他，审视好久，说："但是我冷！"

"还是先别买了。"

"你是不是……已经给我买了？"我思来想去，也就只有这种可能了。

零君避开我探究的目光，隔了好久，才慢条斯理地点头："本来想给你一个惊喜。"

"已经足够好了，那我就等你的手套！"

我没想到这个男人心思会细腻到这种地步，平日里观察我的所需，还时不时制造一些小惊喜、小浪漫博我欢心。

"嗯。"零君伸手，宠溺地揉揉我额前的碎发，"如果冷的话，还是先买一双用用，舍不得你受冻。"

14

很久以前，由于我粗心大意，我的手机被砸到地上，屏幕裂开了一道缝隙。

我很心疼，时不时会用手指去触碰上面的裂痕。

零君见状，瞒着我，隔天就买回来了玻璃膜。

我惊喜地问："怎么这么着急帮我买？"

零君慢条斯理地回答："不想看自家孩子用不好的，见你天天抠破碎的地方，很心疼。"

果然老话说得对，父母都喜欢把最好的给孩子，就算没有，也会打肿脸充胖子，就为了让孩子开心。

15

零君很关心我的身体。

每次我来例假，他都要在手机备忘录里记录下我的日期，核对我每个月延迟了几天，看有没有哪里出现异常，从而判断我的身体是否健康。

记得某次，我翻看他的备忘录，查到了一条名为"求婚大作战"的记录，上面标有各种简笔图，写了各种各样的求婚方式：

把戒指藏在蛋糕里？不行，不行，她是吃货，万一吃得急，吞下去，那要去的就不是婚礼殿堂，而是急诊了。

把戒指挂在猫脖子上，搭配上小字条？等等，为什么微博突然出现了这种求婚方式的配图？骗人，明明是我原创的。

那么，趁她睡觉时把戒指戴她手指上？第一个问题就是她觉浅，第二个就是一点都没新意。

诸如此类的烦恼。

我乐不可支，小心翼翼地关上了备忘录。虽然之前我逼着零君讨论过，但具体事项还是让他自己烦恼吧。

16

有时候，看到一些熊孩子做坏事，我就会下意识脱口而出："以后我儿子如果……"

话还未说完，就被零君截断："我女儿。"

"哦。"这厮对男孩子深恶痛绝。

17

晚上，零君突然和我说道："从现在开始，我要打扮得漂亮一点。"

我惊讶地看他："为什么？"

他笑着逗我："因为要得到你的宠幸啊。"

18

在我十八周岁那年，每逢假期，我就出门打工，为了挣学费。

在意大利这边，假期出门打工是司空见惯的事情。零君甚至连生活费都是半工半读自己挣的，因为他家教如此，在他成年以后，家里连一分钱都不会给他。

正好一个月有两三天休息的时间，我就和远在外地工作的零君约好了，那个时候一起去遥远的海边城市住上两天，过二人世界。

在此之前，我有寄一套衣服给零君，是红格衬衫，以及牛仔短裤。

一下班，我拿了前些天整理好的衣服，飞奔到巴士站。

他早就在那儿等着了，不知是何居心，穿的就是我买给他的新衣服——说实在话，他真的很合适穿衬衫。他平时戴银丝细边眼镜就饱含读书人的气质，搭配上衬衫就更显得温柔了。

我三下并作两下飞扑到他的怀里，他错愕之余，手下抱得更紧，把我结结实实拥到了怀里。

“小心一点。”零君无奈地说。

“嘿嘿嘿，你穿这个特别好看。”

“你喜欢就好。”

我们乘坐夜班的车，过了好久才到了在这附近有名的海边城市。一到夏天，就有各国人远道而来，在海边度假，所以，这里的海滩街每晚都热闹非凡，店铺从街头开到街尾，闪烁的灯火铺满了整整一条砂石路。

零君领着我寻了一间四星级宾馆，因为是第一次同住，即使贵，他也想尽力办到最好，不留任何遗憾。

我比较腼腆害羞，零君假装海外游客，用英语和意大利人交流。不得不说，意大利人的英语普遍很烂，他们听不懂美音，只能听懂英音。

等到谈妥当了，出示证件时，我和零君一起掏出意大利住址的身份证，这个画面就很尴尬了。但我们浑然未觉，强装镇定，依旧顶着外国游客的人设上了楼。

那天晚上，我酒瘾上来了，趁零君洗澡，一个人偷开香槟喝，结果浑身起了红疹，险些吓死零君。我对咖啡和酒水有轻微的过敏反应，等酒劲下去后，那些反应又会自动消失不见。

可能是第一次和女孩子一起睡，零君险些招架不住我踢被子的习惯。

据他所说，我不但磨牙，还会说梦话。我还动不动就滚到被子外头去，他就捞我进被窝，如此反复，循环了整整一个晚上。

隔天，我依旧傻白甜地问他："你眼睛怎么这么红？"

零君咬着后槽牙，慢条斯理地回答："没什么，查了一点资料就睡晚了。"

"哦。"我不以为意，没心没肺地回答。

再补充一个，零君说，之前睡觉，我睡到一半突然喊了他的名字。

这厮以为我醒了，就撑着头，和我聊了半天，隔了一会儿才发现，原来我是在说梦话。

他哭笑不得，不知是该骂我，还是该揍我。

围巾

这世间，任何一种相遇都难能可贵，

错身而过，江湖里也不一定有缘再见。

意大利
初恋日记

1

以前我去零君工作的地方看望他，他很惊喜，朝我温柔地笑着，张了张手，想抱我。

没过两秒，零君又垂下手臂，说："都是汗，很脏。"

——我想给予你温暖怀抱，却又怕刚厮杀过，铠甲染血，会弄脏你。这个男人，怎么这么让人心疼？

2

记得之前我和零君闹了别扭，不仅取消了中午的微博访谈，连午饭都没在酒吧碰个面一起吃。

下课了，我手机没电，自动关机。

于是我只能一个人走去火车站。途中我四处观望，企图在附近看到零君的身影，只要他气喘吁吁追上来和我一起走，我就毫无顾虑地原谅他，和他重归于好。

我等了很久，都没有人。

我不免有些心烦意乱，也逐渐怀疑起他这些行为举止是不是分手的前兆。

他真的不要我了？不然怎么会做得这么绝，回家也不一道走，就是为了不跟我坐同一班火车，害怕我这人优柔寡断，还会纠缠他吧？

我也不是非他不可，也不是没他不行。

我一个人怄了一会儿气，还是忍不住失落。可能是冷风眯了眼睛，眼角刺痛，我揉一揉，眼泪就掉下来了。

他应该是真的不要我了吧……

也对，我总仗着他对我好，就恃宠而骄，偶尔闹别扭，还会说一些气话，一副无所畏惧的样子，哪有人真的会宠女朋友一辈子……

也就是一段时间的喜爱，热情过去了，连残渣都不剩下。

我早该意识到这一点，早点知道，或许还来得及。

我一边走，一边揉眼睛。幸好习惯散发，浓密的黑发都能挡住脸上表情，不被路人察觉，不被外人看笑话。

不知走了多久，我突然被人结结实实拥到怀里。

是零君！

他低头，满是汗的侧脸抵在我耳边，呼吸很急促、浓重，气喘吁吁地问："你去哪里了？！"语气里还有几分怒意，像是担心，又像是焦急。

那一瞬间，我的满腹委屈都找到了宣泄点，我鼻头发酸，一下子哭出来："我以为你不要我了！"

零君大概没见过我这样惨烈的哭相，又好气又好笑："谁让你把手机电玩光的？"隔了一会儿，他帮我擦眼泪，"我怎么舍得不要你？不是说访谈吗？我现在有空了，帮你做。好了，别哭，眼泪不值钱是不是？不哭，哭了就说明很喜欢我。"

我一边上气不接下气地抽噎，一边结巴地答："谁……谁喜欢你了！"

3

我常常和零君闹脾气，他叹一口气，说："你是家猫，又不是野猫，不要闹好不好？"

“……”

我哑口无言，隔了一会儿，反应过来不对劲的地方——这厮居然知道家猫和野猫的区别？他是不是外面有热情似火的小野猫了？！不待了，这个家我不待了！

4

零君不会忘记我的生日，总是提前订好蛋糕，然后在家里煮一顿全肉宴，哄我开心。

而他生日总是过得很潦草，甚至还会被我遗忘。

记得某次和零君电话，他突然提起：“你知道今天是什么日子吗？”

“我生日？”我逗他。

零君沉默了一瞬间，然后咬牙切齿道：“是我生日。”

我惊恐万分，这么重要的日子，我居然忘记了！但是蛋糕店都关门了，于是我去超市随意买了一个蛋糕胚，然后急匆匆往零君家赶。

幸好，我不是唯一一个忘记他生日的人。连零君妈妈都不记得零君的生日。

那天，不知道他妈妈是心中有愧还是其他什么原因，开了一瓶香槟给他，自己出门，留了二人世界给我们。

天暗得早，厨房又没开灯，昏昏沉沉的。

我抿了一口酒，不知是因愧疚还是因欢喜，踮脚，大着胆子，主动吻了零君。

我没带任何礼物，也只能以吻相送。

月色正好，秋风飒飒。

零君的侧脸隐在月光后头，被光影打得朦胧。他愣了许久，似乎意思到了“馈赠的礼物”是什么，继而轻轻扣住我的腰，意犹未尽地回吻。

5

想起很久以前，零君和我说他工作比较累。那时候他没有文凭，还在读书，能做的工作也就是在华人货行里兼职打工，当店员，或者在意大利人水果工厂里做搬运的小时工，一小时六七欧元，手不能停的那种。

偶尔我趁周日找零君玩，能在他腿上看见一些狰狞的伤口。

我大惊失色，问他：“怎么回事？”

零君看了一眼，似乎才想起来，轻描淡写地答：“可能是搬木箱子的时候被割了，不疼。”

“怎么可能不疼？血都这么多！”

“没事，我下次注意，乖。”

再疼，他都没哭，我倒是眼里蓄满了眼泪。

零君喜欢工作完一个月，就花三分之一的钱带我约会、吃饭或者去别的城市玩，有时候还会特意买小零食或者小礼物贿赂我。

我很心疼，说：“还是攒起来都给你吧？买这个大概浪费了你三个小时工作的钱，你要辛苦整整三个小时才有这些钱呢！”

零君“扑哧”一声笑出来，揉揉我的头，说：“钱是拿来花的，花得开心，这钱才算是值，不然货币毫无意义。”

我懵懵懂懂地点点头，这是他第一次和我说明他对物质的价值观念。

犹记得之前年少，我很天真，很怕零君没钱吃饭会饿死，说：“我可以每天在家里偷几罐米出来给你煮饭，菜也会偷几样出来，酱油盐糖也会小心翼翼带出来的，日积月累就多了，你肯定能吃饱饭！”

零君听了，愣了一会儿，随之爆笑。

哪有这么好笑！生气！

6

闲来无事，我问零君：“如果我以后生了孩子，你会第一时间来看我还是孩子？”

零君很喜欢女儿，我其实没有把握他会第一时间来看我，或许他会先确认了性别，再匆匆忙忙跑到我的床前。

他毫不犹豫道：“看你。”

我内心欣喜若狂，表面还要装矜持：“为什么呀？”

他勾唇：“因为你最重要。”

这厮……情话果然满分！

7

零君在国内读高中的时候，其实心眼很坏。

那时候，他没现在成熟，还有些少年意气。

好像刚开学的时候，班级的数学老师以为零君是差生，当众羞辱过他，从此被他记在心上。

他开始不学数学，只在假期自学，别的科目又学得很精，造成数学单门科偏科严重的情况，其余老师纷纷对数学老师产生了意见。

耐不住压力，数学老师开始去找零君交谈："你为什么偏偏不学我这门课？明明这么聪明的孩子。"

"我讨厌数学。"

"你高考怎么办？"

"可以自学，家里也有 × 大的表哥会教。"

老师没脾气了，索性再也不管他。

我震惊了，这就是学霸的报复吗？

"那如果我也在你的高中读书，你会好好学数学吗？"

零君看我一眼，意味深长地点点头："会好好学，然后教你。晚自习以后，还可以单独待在教室里……"

"被老师看到怎么办？"

"那就会被通报'表扬'了。"

"表扬？"

"× 班的草灯与零君同学，深夜独自在教室内学习，在此通报表扬。"

我嘴角一抽——这真的不是讽刺吗？

8

前些天我去米兰办个证件，零君很想念我。

大晚上他诱骗我坐火车回家："你在亲戚家过夜会不会认床？"

我沉默不语。

他再接再厉："是不是很想在我身边？"

“……”

“早知道周六留点我的衣物给你，抱着是不是更好睡？”

“……”不许再说话了，禽兽！

9

零君平时在家需要做很多事情，煮饭，做家务。他妈妈倒是一天到晚看偶像剧享清福。

这几年，零君爸爸一直在外地工作，每个月回来住几天。在零君爸爸回家小住的这段时间，零君妈妈就会装乖、装贤惠来博取他爸爸的好感。

今天，距离零君爸爸回家还有四个小时。

零君突然和我说：“妈妈又想骗我吃东西，然后帮她洗碗。我爸都要回来了，她还这么不老实。”

结果到了晚上，他爸回家了。零君妈妈赶紧起身，忙里忙外，择菜做饭，还时不时给他爸上眼药：“我在家每天做饭给他吃，特别辛苦。”

零君一声不吭，实在憋不住了：“不都是我在做饭吗？”

他妈妈冷嘲一声，意有所指地说：“你是煮给谁吃呀？是煮给我吃吗？”

行，你道行高，零君甘拜下风。

10

之前做梦，梦里我是一个一无是处的少女。

我有幸被人引荐，能和一名德国的天才少女一起做科研项目。

我原本以为她会很傲，结果她很恭敬地和我握手，说：“能和天才（零君）的女朋友认识，是我的荣幸。”

现在一想，零君在我梦里的形象这么高大，是不是因为我对他本身就有某种崇拜心理？

11

零君从来不会乱花钱，也从来不买新衣服，十分节俭。古怪的是，他对我倒是很慷慨，平时小惊喜、小礼物不断。

可能是出于心疼，我特意瞒着零君买了几件衣服送给他，其中一件红格子衬衫是他的最爱。

没过多久，零君外出工作时，不小心把衬衫勾破了。他很难过地和我说：“不高兴。”

话音刚落，他又附上了清晰放大的钩破图，以示不满。

我：“……”

12

某些时候我会出现很多负面情绪：“我的生活好像失去了乐趣。”

零君点点头，意味深长地说：“可你就是我生活的乐趣。”

闻言，我心底小花炸裂，簌簌射向心空。

顿了一下，泛滥的少女心又打住——等等，他是说我很好玩？总觉得哪里怪怪的……

13

闲来无事，零君道：“你是一条小咸鱼，很咸很咸。”

我：“你怎么知道？你舔过？”

他嘴角一勾：“对。”

我语塞。

这厮嘴上向来不饶人。

14

我禁止零君早起煮早餐带给我，希望他能利用那半个小时多睡一会儿。

因为他的身体很差，有些问题，医生勒令他必须比常人多睡一点，否则很容易出现状况。

零君不情不愿地答：“那你陪我一起早睡不就好了？”

我摇摇头，拒绝：“可我晚上有必须要做的事情！”

他挑眉，意味深长地重复：“哦？必须要做的事情？”

这厮目光不善，光是一眼，我就知道他内心打了什么小九九。

于是，我义正词严地回答：“码字！”

等等，你都想了什么！

15

零君有时候不甚浪漫。

我在路边看到一颗完好的红苹果，扯零君：“毒苹果！”

他瞥我一眼：“你《白雪公主》看多了？真把自己当公主了？”

“我本来就是公主。”

“……”——好好好，你是我的小公主。

16

上课了，得分离，可我还想和零君聊天。

于是，我扯着他衣服，不让他走。

零君瞥我一眼：“再这样，我喊人了！”

“……”算……算你狠。

17

有时候我赖在零君家不肯走，之后骑车会是走夜路，他不放心。

于是，零君意味深长地道：“再不回家，等一下就回不了了！”

“嗯？”我迟疑了一会儿，顿悟——不行，这厮有诈，还是快回家比较好。

18

初遇零君的时候，我因为家庭问题，性格其实很阴郁，并不开朗。

现实里我也不怎么说话，像个哑巴一样。我害怕听到声音，手机常年静音，不听歌，看电影也不爱调高音量，与生气勃勃的零君形成了强烈对比。

可能真的有缘分这种说法，我看见零君的第一眼就对他产生了强烈的好感，像飞蛾不断趋向热源一般，往他的两侧扑腾。

换句话说，那时候的零君就像一道光，照进我的生命里，让我原本荒芜的地面长出了花草，生机盎然。

我会自卑，觉得自己这样阴暗的个性配不上零君。他热情、阳光，与周围的人都能建立起很好的关系，可我不行，我没有朋友，也不知道如何和一般人交际，爱戴假面生活，真我、本我分不清楚。

于是，零君给我划定了一个壳。在这个壳里，我不需要接触任何人、任何社会阴暗面，所有信息都是他筛选过后传递给我的。

所以我能每天都很开心，因为我的铠甲是零君。有他在身后，我就无所畏惧。

没有绝对的幸福，只有相对的幸福。我有过非常大的不幸，所以我才有勇气拥抱零君这样大的确幸。

雪

这世间唯爱能御寒。

意大利初恋日记

1

受零君大魔王所邀，我特意打扮漂亮跑去他家。

我一进门，就见四周寂静，零君掀着被子，半遮半掩：“每周都来我家吃我豆腐。”

我：“……”

请问，当事人你的良心不会很痛吗？

2

最近，我和零君说：“明天你给你外婆发视频，记得告诉她你有谈了六年的女朋友，还有九月要……”

零君打断我：“他们都知道你。”

“什么？”我哑巴了。

他沉默一会儿，说：“我妈回国了，你懂的。”

3

我津津有味地吃烤鸡，满足地感慨道：“好好吃！”

零君一边切菜，一边说：“可是没有老公硬邦邦的……好吃。”

我大惊失色：“你说什么？”

“刚买的胡萝卜，哦，你想了什么？”

没……我……

4

零君从来不充钱，或者花钱在游戏里。

今天，他突然说想买《仙剑奇侠传 6》的豪华版。

我不解：“为什么？”

他避开我的视线，目光放远：“里面有一个情侣钥匙扣很漂亮。”

哦，原来如此啊。

5

偶尔，我喜欢给零君一些独属男性的尊严。

我：“知道我为什么把所有事情都告诉你吗？”

零君：“嗯？”

“因为你是为我撑腰的人啊！”

他笑了，看着我，目光灼灼。

6

零君：“你老公大人很困了。”

我不开心：“我才没有老公。”

“那就是先生。”

“……”

7

我：“零君，我是小仙女吗？”

零君："是哦。"

"那你怕不怕我飞升了？"

他意味深长道："你在我的手心里，跑不了。"

哦。

8

下课心情不好，我没理零君。

他凑上来："在想什么？"

我不答。

"哦，人生大事。"

"……"

你以为都是你吗？

9

我和零君在火车站等车，车快到了，他突然做出邀请的姿势，道："大小姐，你的车到了。"

"……"喀。

10

早上吃的是馄饨，吃完，我感觉不够饱，又从冰箱里拿了两根香蕉出来。

我一边走，一边吃。

零君则瞥我一眼，微笑，不知在等什么。

等我吃完了一根，他还看我，目光不善。

我抖："怎么了？"

"你拿了两根，没有我的份？"他咬牙切齿道。

我瑟瑟发抖："一根早上的，一根中午的……"

11

零君一无聊就揉我头："头发很好，皮肤也可以，嗯，你发育得很好。"

我恼羞成怒——好不好关你屁事！

12

零君会看我的小说，偶尔他会说："你笔下的男主都没我段数高，都是我的复制品。"

"你不要脸。"我答。

"要脸怎么吃豆腐？"

13

下车，我："我家热水器坏了……"

零君："那你在我家洗。"

顿了一下，他问："你不会是骗我的吧？实际上根本没坏，只是想在我家洗澡。"

"……"你以为我是你吗？

14

睡前，我和零君闹不和。

两人终于和解，然而气氛还是别扭，我硬邦邦地喊：“亲我一下，我才肯睡。”

零君愣了一会儿，原本嚣张的气焰顿时熄灭，隔着电话亲了两下，抛掉面子，似笑非笑道：“那我的吻呢？”

明明前一刻还在吵架，突然甜言蜜语让我有些吃不消。

我脸红，尴尬地亲了一口，然后匆忙挂断电话。

我……我还能生很久的气！我绝对不会屈服的！

15

去看零君，我以为他发烧，劝他多喝水，还有吃糖。

结果零君是中暑了，他幽怨道：“中暑的人不能多喝水、多吃糖。”

我知道他特别容易中暑，所以之前回国买了刮痧板。

我让他脱了上衣刮痧，他一脸郁闷：“你真的会刮痧吗？”

“会的！”

然后我开始给他刮痧，没有刮很久，觉得颇有成效。

零君叹气道：“你以后不要给别人刮痧。”

“为什么？”

“会死人。”

我愣了：“我技术明明很好。”

“而且，我不喜欢你看别人身体。”恐怕这才是他真正的目的吧？

隔了一会儿，我问："你不亲我吗？"

零君："不要调戏生病的人。"

玩了一个下午，我要走，零君突然从被子底下探出一只手，拽住我手腕，闷声闷气道："你确定不要留下来陪我吗？不怕我晚上晕倒吗？"

"不要。"

"确定不要待在我的床头吗？"

我愣了："盯……盯着你睡？"

零君陷入了深思，画面有点恐怖。

事后，朋友问起："草灯会刮痧？"

因为我是出了名的手残，他们难以置信我有这技巧。

零君不知想到了什么，冷笑一声："她正经的不会，这些都会。"

我一时语塞："……"

16

零君想唱歌给我听，我拒绝。

他："那就唱哄你睡觉的歌。"

我点头，睁眼一看，发现他在搜：哄女朋友睡觉的情歌。

17

睡到一半被零君吵醒，我迷迷糊糊地说："想吃蛋糕，梦里在吃。"

他瞥我一眼，了然道："梦里吃过了，现实就不用吃了。"

18

我在零君家就比较随意，偶尔穿他的衣服当睡裙，没穿睡裤，然后窝在房间里午睡。

某次，零君突然打电话给我："我刚才出门，发现姑父就在楼下，一想到你在，于是顺手把门关了，并且说要出去买东西。"

我："……"

求姑父的心理阴影面积。

情书

我想用笔，把好的你、坏的你、
全世界独一无二的你都写进书里。

1

我想拍婚纱照，不想结婚。因为一结婚，我就是美少妇了。不行，我美少女都还没当够，我还能浪。

偶尔闲，我就会去咨询各种婚纱照价格，然后了然道："我写完这本应该能攒到拍婚纱照的钱了！"

零君："婚纱照我请你。"

"但是我不想结婚……"

他闻言，原本温柔的笑容褪去，冷冷抽回被我握着的手。

2

我和零君聊与文相关的事情，车来了。

我拉他的手，猥琐地逗他："来来来，我们到小房间里慢慢说。"

零君看我一眼，毅然决然上了车。

我语塞："……"

这剧本不太对吧。

3

我很开心："他们说我单纯可爱。"

零君："是单蠢。"

"哦。"

"所以你只能待在我身边，我保护你。"

"哦。"

◇4◇

我悄悄凑到零君旁边，说：“我告诉你一个小秘密。”

零君转头，看我：“嗯？”

“我喜欢你。”

他嘴角一翘：“我也告诉你一个小秘密。”

我很期待：“嗯？”

“我已经有喜欢的人了。”

“啊？”

他笑道：“那就是你啊。”

◇5◇

零君有一个非常狠的招数：我累了，伸懒腰，他会趁我弯腰的时候，在腹侧轻吻一下。

绅士又少女心，让我把持不住。

◇6◇

时而不注意，我就被人欺负。

零君：“这么大的人，还总是被人欺负，也就我疼疼你了。”

我：“啊？你这么护短？”

“因为你是我的人，我不护着你，护谁？”

7

我：“你是因为爱我才娶我吗？”

零君似笑非笑：“不是。”

“那是因为我有钱吗？”

他笑：“你有吗？”

我支支吾吾：“没有……”

隔了一会儿，零君凑过来亲了我一下。

我诧异：“怎么了？”

他：“吃豆腐还需要理由？”

“……”

8

中午只有土豆片和花菜。

作为“一国之君”的我委屈地问：“我们没有肉吃吗？我们这么穷吗？”

“大臣”零君勾唇：“对啊，我们吃不起肉。”

“……”快投降，快亡国吧，这日子没法过了！

9

零君给我买了咸饼干，我：“我想吃甜食，要吃甜食。”

他：“没有钱了。”

“骗人！”

“不信你搜，搜不到亲我一下。”

“……”

10

偶尔我会很在意自己在零君心目中的地位，怕他是出于恋爱的责任感，所以才会对女友我关怀备至，如果这个女朋友是别人，他是不是也会这样疼爱她？

我内心一阵风暴过后，很沮丧，问：“你是对有女朋友这个身份的人都宠爱吗？”

他笑道：“只宠你。”

哎？算……算你识相！

11

陪零君去外地办事，我在办公室门口等他。

他开车，接个朋友，结果一路上都在想我。

朋友：“你今天和手刹有仇吧？是不是在想女孩子！”

零君无话可说：“……”

回来的时候，他恶狠狠地对我说：“以后不带你来了，害我分心。一直担心你是不是很无聊，被人赶出来怎么办，会不会乱跑，走丢了怎么办……”

我目瞪口呆——怪……怪我？

12

走路太快，我撞到了车灯。

零君拉我："小心一点，撞到车怎么办？"

我急忙答："哦哦，撞坏车，我们要赔钱。"

"是撞坏了你，我心疼。"

13

我和零君说，我和他的故事要出书了。

他看完了全部，觉得很甜、很真实，可以当传家宝给自己未来的小女儿。

我窝在他怀里，问："你以前一直在等我长大吗？"

零君笑道："对啊，因为你还小。"

是啊，那时候我还小。

只记那时年纪小，风过枝头，燕归巢。

我们并肩坐在屋檐下，不知怎么睡着了，梦里花落知多少。

岁月再无情，也愿时光眷顾我们，把一切波折都凝固，把美好遍布在今后走过的每分每秒。

番外一

初恋系我心

我曾经问过零君："你后悔被父母带出国吗？"

他看了我一眼，比起从前那样探究的眼神，现在更多的是了然与自信。顿了一会儿后，他慢条斯理地答我："我从未后悔遇到你。"

不必说太多，仅仅这句话，仅仅八个字就足以让我欣喜若狂。

他这句话里包含了太多太多的意思——他从未后悔遇到过我，说明他当年也有过茫然与无措，但更多的是与我相遇的欣喜与庆幸。感激这个世上还有爱与美好，还有酒与故事，还有花与诗，还有你与我。

我想到了很久以前，和零君吵架，闹到要分手，他道："什么原因都好，我只是不想看着自己一手养大的小姑娘被别人抱走。我教会了你很多事情，即使你现在不懂珍惜我，即使被你被浑身的倒刺扎得遍体鳞伤，我也希望陪在你身边的，还是我。"

"为什么？"

"我不想由下一任来教会你什么是珍惜，也不想你和别人委曲求全，之后才意识到我是对你最好的那一个人。我可以为你丢掉所有尊严以及底线，但结局一定要是我们在一起。"

零君从来不会把话说得那么明白，他说这是潜规则，如果说了全部话，很可能是真的要分开的前兆。

我愣怔着看他，在那一刻才反应过来，自己的任性妄为有多可恶。

我已经做好了最坏的决定，可我等了一会儿，没等到狠话。

零君眼眶潮红，明明是大男人，面对这些事就没了所有铠甲，声音都哽咽了。

过了很久，他叹了一口气，揉揉我的头，说："这是最后一次，以后不能说分手，可以吗？"

“好。”那次以后，我们真的没有冷战过。因为必定在一起的结局，任何冷战都只是浪费生命。我珍惜每分每秒，因为我知道时间短暂。

许是连梦也怕我忘记零君的好，我时常会梦到没有零君之后，我会怎样。在那一瞬间，所有足以代替太阳的希望都没了，人生路上黑漆漆一片，只有我一个人前进。

一睡醒，我庆幸，也万幸，所有爱我以及我爱的人都还在身边。

初恋就是这一点不好，年纪轻轻，心高气傲，总觉得错身而过还有更好的人。可实际上，现实无比残忍，或许你今日失去的一切，就将是永恒，你倾尽一生也无法再回到原点，也不能寻到更合适的人。

零君很普通，只是比常人更懂爱，更细心。他没有风华绝代的容貌，只有冬日里，被他用双手焐暖的水杯；春日里，他亲手折下，又为我戴上的那一朵野花；夏日里，再怎么炎热，他都舍不得吃，要让给我的西瓜最中间的一口；冬日里，离别前，他匆匆忙忙追上我，帮我戴上的厚实围巾。

之前不懂的东西，时至今日我才懂。

正因为我懂，我们才能轰轰烈烈地热恋六年，每次见面，又如初恋。

也幸好，在大雨滂沱的那一夜，我没有因初恋畏惧生人，而推开零君的怀抱。

也幸好，在不懂事说分手那一刻，我看见零君的眼泪，幡然醒悟，没有肆意伤害他，离他而去。

也幸好，在零君所有绝望时刻，我都陪在他左右，才换得现在旁人无可比拟的爱情。

也幸好，他有故事，我有酒，我们可以谈天说地，一起睡在桃树下。

……

其实，哪有这么多幸好，不过是我撒野，零君奉陪。

闲来无事，我问了一句零君：“你是怎么喜欢上我的？想听心路历程。”

“那我用一句话总结，”他微微一笑，道：“你让我喜欢上了你，却不负责任。”话音刚落，怨气颇足。

我一愣，没反应过来其中缘由：“我对你不够好吗？”

“刚开始恋爱的时候，你觉得你够好？”他的声音很危险，仿佛积压了这么多年的郁结在瞬间释放了出来……

他说，第一眼看到我的时候，觉得这个小姑娘和常人似乎不同。

他之前因认识我表哥，所以略有耳闻。意大利的华人圈总是八卦的，年轻人有年轻人的一堆路数，来来往往新出现的中国人，总会打听个清楚，更何况还是女孩子。

零君虽不和他们厮混，却因表哥的自来熟，“久仰”我大名——这个小姑娘不好混熟，不太爱说话。

他觉得好笑，哪有那么夸张，不过是个小姑娘，却被这些人在背后编派成凶神恶煞的模样。

我反思了一下，那段时间因为家庭问题，我被严禁和异性接触。我因为害怕被父母迁怒，所以平时对表哥的狐朋狗友都不冷不热，游玩邀请也统统拒绝，落下了个“不解风情”的印象。

不过幸好，可能是零君斯斯文文的样子吸引了我，让我觉得他和寻常人不同，又有补习班的课程做掩护，我可以每时每刻看见他，奠定了良好的相处基础。

零君没想过要关照我，看了一眼，又避开视线，直到我主动黏上他，跟他热切说话，也跟他示好。

——明明是话很少的小姑娘，为什么独独对我特别？

——是要我玩吗？还是冷淡一段时间好了。

起初零君的确对我不冷不热的，我搞不清楚原因，主动了一段时间后，很受挫，甚至有些委屈。

不知过了多久，他仿佛开窍，逐渐接纳我的存在，也开始和我说话。那时，我像吃到了久违的糖果，欣喜若狂。

零君招架不住，却也耐着性子迎合我的“热情”。

——她和一般小姑娘果然不一样，只是看起来太小了。零君想。

不知道什么缘故，他开始介意起我外表稚嫩，怕被人说是老牛吃嫩草，可打听了年龄，发现我们并没有相差很多。明明作为普通朋友的话，根本不需要介意这一点的，又不是男女朋友……

“她是很可爱的小姑娘，看起来大方热情，可对象也只是对我而已。”

“实际上小姑娘内向、阴郁，甚至是胆小、怯懦的。她的家庭方面也有一些问题，这样看起来她很可怜，也没什么朋友，或许我应该陪陪她，至少在她身边待着，极尽所能地帮助她。”零君的脑海里总是我，他担心我这个，担心我那个，不知是同情心泛滥，还是喜欢帮助朋友。他总这样温柔，一颗心柔软得一塌糊涂。

“补习班来了几个和小姑娘同龄的学生，她偶尔也会和这些人说话，甚至要了手机号码……虽然最后也跟我要了。这代表她对他们有好感吗？明明她有朋友是一件值得高兴的事，为什么我总觉得心脏抽紧，哪里不得纾解……”

“小姑娘看起来很单纯，或许是单蠢，出门会被人骗。男朋友也要好好挑选才是，总要选一个她喜欢的。我是她的哥哥，所以应该帮她找找看，不然她被坏人骗了怎么办？看新闻里，总有小伙子把女孩骗上床，怀孕了就抛弃。绝不能让她遇到这类人渣，可她不听我的话怎么办？”零君的确担心过一段时间，不知该从何下手，毕竟十六岁正是少女心懵懂的时期，很容易被那些小青年吸引。

时间一久，他又觉得这里没有人配得上我。我是他含在嘴里怕化了的珍宝，他不想我走半点弯路，想要得到我，至少要过了他那一关。

不知不觉间，零君也会跟我提一些较为暧昧的要求，譬如，他不许我和其他异性出门，害怕我受到伤害，或者被人拐骗；平时我到家得和他联系，不然他会担心，诸如此类的问题。

我一一照做，因为我不排斥和零君亲近，甚至欣喜这种情况的改变。我和他的关系又亲密了一点，虽然再继续发展下去会让我有些无所适从，但我并不厌恶。

不知过了多久，零君对我的思慕情绪开始逐渐泛滥，到了难以抑制的地步。他总是一遍又一遍暗示自己：因为是朋友，所以时常想到是很正常的事情。她还那么小，看起来就是一个小姑娘，怎么可能谈恋爱？何况，她也未必会喜欢我。我有很多缺点，还虚胖，还有青春痘，没有人会喜欢这样的我。我总不能出卖她的亲近，借助她朋友一般的喜欢，满足自己卑劣的想法。万一，只是万一，她跑得远远的，再也不回来了，再也不靠近我了，那怎么办？

他想接近我，又对我避之不及。

那段时间，零君就是一个矛盾体，常常将自己塑造得无比强大，倾诉的话欲说出口，又被自己的自卑给击退，溃不成军。

尝试着说些什么吧？

好像，什么都不合时宜，什么都会破坏气氛。

还是不说了。

在此之后的几个月，零君恍恍惚惚意识到了一个令他畏惧的事实——他总在午夜梦回想到我，或许他已经喜欢上我了。

“所以，小姑娘会喜欢我？”零君自嘲一笑，“应该不会，她不会喜欢这样的我。”

实际上，我对零君也有好感。外貌我倒没怎么在意，主要是他当时出现的时机很正确，他就像一道映入我生命的光，可以说，我是被他所救的。不过那时，我自己懵懵懂懂，有情也不自知，否则也不会傻乎乎接受他的触碰——雨夜里的摸头杀，又或者是那次在游乐园，幽深隧道里指尖与脸颊的肌肤相触。

之前，他甚至情难自禁到提出“背不出单词就要吻他一下”的要求。几乎是一瞬间，他仓皇失措地说明：“只是开玩笑，你别当真。”

他大概是很怕失去我吧？那时候的零君看起来一下子“小”了许多，狼狈地重复，企图将所有言辞都从我的脑海里驱赶出去。

现在已经想不起是为什么了，总之我满怀期待地答应了。我想：背出来了，一定会得到零君的夸奖，他会摸摸头吗？反正他肯定会很高兴。即使背不出来也没关系，这样的赌约，我还是玩得起的。

当然，最后我还是没能完成背单词任务。

零君推说不要，可我还是强硬地把他拽到空的教室里，按在墙上吻了一下。

我的脸颊瞬间烫了，沉沉夜幕里，这才看到零君那双灿如星火的眼睛，一下子烫到了心底，轮到我就着一颗兵荒马乱的心，手足无措地逃离。

零君没有追上来，许是还在回味，许久没回过神。

那天我很早就回家了，不敢见零君，也不敢多说什么。

这事他也没再提过，是两个人心照不宣的小秘密，回味起来尚有甘甜，舍不得舔，怕唾液溶解了这点凝固成小块的糖，隔年才拿出来嗅一嗅甜腻的糖果味，都是回忆的气息，历久弥新。

我们经历过许多事情，前面都有提到，此番不再赘述。

零君和我表白，没有玫瑰，没有蜡烛，没有巧克力，是在情人节这一天。

这样的表白方式对其他人来说可能不够浪漫，但对我来说是最好、最合适的。兴师动众可能会吓跑我，毕竟，我不想被任何人知晓我们两个亲密的关系，所以像好朋友一样，在电话里面讲最好了。

他如愿以偿，得到了自己心心念念的小姑娘，也和我承诺："现在你还小，再过几年，我就把你抱回家。"

抱着这个甜蜜的想法，他一直陪伴在我左右，即使恋爱初期，我毫无经验，也做了许许多多伤害他的事情。

我不许他在外公布和我的关系，然而他在我不知情的情况下，私底下就和朋友宣示了主权："以后你们别讨论小姑娘，她是我的人。"

朋友们纷纷了然，只有他乐得和我玩那样捉迷藏的地下恋游戏。

然而，他是温和而稳重的男人，我却只是个心性不定的小姑娘，容易被其他人的言论改变想法以及做法。

零君在那段时间很害怕，怕我熬不过别人的闲言碎语，对我疏远的一举一动也心如刀割。

“什么时候，小姑娘才会明白，在外面不需要这样拘束，这样反而惹人怀疑呢？”

“可能是因为她是第一次恋爱，即使我道听途说懂得多，但她没有经验，就得由我领着路。”

“今天她又刻意疏远我了，关系还比不上恋爱之前。是真的不合适吗？还是说，她根本不喜欢我，只是害怕失去我？”

零君想了很多，犹豫不决，甚至想“放我自由”，我很感谢他那时候的私心与坚持，让我们能够在风雨中煎熬至今。

印象深刻的小事可以略提两件。之前零君曾给我打过电话，然而我家人很排斥我跟外人接触，也不许我交普通朋友。

他们察觉我有朋友的端倪，一怒之下，砸了我唯一能跟零君联系的手机。

那时候我很委屈，也很害怕，害怕就此失去零君。我一句话都不敢说，一边流眼泪，一边蹲在地上捡手机零件，等收拾好残局后，再急匆匆跑到房间里组装好。

不得不说，诺基亚非智能机就是牢固，已经被砸碎了，组装起来居然还能打电话。熄灭的火光在一瞬间亮了起来，在听到零君声音的一瞬间，我号啕大哭，将所有委屈尽数宣泄出来。

也幸好，一切都过去了。他依旧是我的秘密，依旧照亮我的生命，依旧引导我前行。所有初恋，在最开始都会有一段无法告人的时期，正是因为这段隐秘的时期暧昧又浪漫，才会让人印象深刻，无法忘怀。

爱这种东西，也只有经历过一些风雨才会明白其中的可贵之处。

我开始回应零君的好，只是在外人面前依旧守口如瓶。

大年夜，我借跟表哥一行人出门玩的名义，约零君去海边看烟花。他没能跟家人吃年夜饭，兴致勃勃地跑出来陪我，甚至惹怒了他妈妈。

然而，当时我因遇到某些亲戚，害怕家人察觉什么，迁怒于我，于是“威胁”零君独自先回家。

他虽一句话没说，可隔着重重夜雾，我还是能感受到他的失落与无助。

我几乎一整天都没跟他说话，连一起看烟火的微小要求都不能满足。

那夜，海风很大，零君一转身，烟花就开始燃放了，簌簌的银花在天际炸裂，将深沉的夜点燃，恍若白昼。

零君说，当时他一转身，眼泪就下来了，一边哭，一边走到火车站。

明明人高马大的男人，在面对感情的事情时，居然脆弱得像一个孩子。

他没能回头看我一眼，自尊也逼着他不许回头。

“要不要就此放弃？她是不是一点都不喜欢我？为什么……非要这样？”零君很难受，心脏一直抽搐，心肌的经脉收缩，将一小颗心瞬间压紧，漫天遍地的痛楚覆盖他，心疼到难以言说的地步。

这些都是我不知情的事情。我只知道他很喜欢我，一直坚持至今，一直热恋至今。

可我完全不知道，喜欢我需要付出多少代价，需要他一次次因为爱而坦然接纳我递过去的刀子——正因为是我亲手插过去的，因为喜欢，他含笑接受。

只要熬过这一段，他就能和我在一起了。

零君大概是抱着这种想法，坚持至今的。

也幸好，我没有再伤害他了，也和他好好厮守在一块，会等到他换专业毕业后就结婚，会等到我们有自己的猫，会等到银婚、金婚。

世间所有诠释爱的美好字眼，我都想给他。

我不会再让他的心颠沛流离，也不会再让他感到困苦无助，更不会将他丢下，让他一个人老无所依。

我将与他共生，心系心，以白首做承诺，以一生的时间做有效期。

我顿了一下，其实写到这里，我的心一直抽疼，钝痛到自己都难以承受的地步，也不知零君是怎么淡然说完这些的。

我在心里默念：零君，你的小姑娘长大了。从前我总被你开玩笑，说再过几年抱回家，可经年后，兜兜转转，我好像已经到了可以跟你回家的年纪。

现在，我可以学会像零君那样淡然，和全世界的人说："是的，我们是初恋，从最懵懂无知的年纪热恋至今，已经过去六年了，然而我们还是彼此最爱的人。我们睡前依旧会互相道晚安，互相说爱，每天必有拥抱，必有吻。"

所有人都在羡慕我的契合，羡慕我找到了这个世界上最好的男人。然而，只有我知道，这世界上向来没有什么"完美的成品"。零君变成这样温柔的模样，肯定有我的功劳，我如此深爱他，也肯定有他的手笔在内。也可以说，我和零君是共生体，我们互相改变对方，利用六年的时间，糅合成最默契的样子。

我们可以在一起，是因为牵手在黑暗中并行了这么多年。明明零君该处于阳光下，可因为爱，他忍受黑夜的侵蚀，并肩和我沐浴黑夜。漫长的六年，即使我有很多心理方面的问题，他也依旧毫无怨言，陪伴在我左右，一点点将我从泥潭里拽出，从未想过要逃离。

没有什么事情是轻而易举就能得到的，初恋百般不好，也总有利处：我万般感谢上天让我在最纯情的时刻初见最美好的你，让我的所有怦然心动，只为你。

若一切只如初见……也幸好，我们一直如初次见面那般温柔相待。

我记得我曾经做过一个梦，梦里得知零君消失的真相，一直不敢承认。

我拒绝接触这个社会，满世界去找零君。不知是十年，还是二十年，我终于意识到，零君是真的不存在了，我就连和他共同存活在地球上的资格都没有。

那一刹那，我很崩溃，梦里直接哀号出声，嗓子破风似的，灌注着干干的冷意，哭都哭不出调。

那种连死去也无法弥补的巨大哀痛，那种一想到世上再没有零君便会觉得无家可归的流浪感……可能就是爱吧？

我别无所求，来到这个世上，或许就是为了——找到他。

可能是上天觉得我和零君不易，这才在梦里无时无刻不提醒我，生命的可贵、岁月的无情，必然要珍惜当下，与眼前人厮守。

说了这么多，无非就是一句：如果深爱，就别放手。

遇到喜欢的人，大可不必胆怯，小心翼翼靠近的少女情怀固然浪漫，却比不上奋不顾身将深爱之人紧拽手中的那一寸温暖。

若是窗外下了雨，不妨问一句：“我可以送你回家吗？”

人的一辈子很短暂，醒了睡去，睡了醒来，转瞬之间，匆匆数年。如若可以，不要错过任何人，因为潇洒转身以后，未必会遇到更好的人与事。知足，方能常乐。

爱情也不分早晚，在懵懂之年遇到的那个他，虽然时候尚早，却可能是此生命定之人；若是合适的人久未相逢，也请不要自暴自弃，等最美妙的时刻来临，用最好的故事、最烈的酒，让他自罚三杯。

想说的话有很多，删删写写，下笔又搁浅。

风有些凉，我抬头望向窗外，夜也很深了，漫山遍野的白星一如当年一般耀眼。

千言万语也仅汇成一句：愿你的远方有酒有故事，愿你的孤独择日而终。愿你如我，无所畏惧，凭一腔孤勇，也敢在异国他乡，追随此生挚爱。

番外二

魔王巢穴历险记

在很久很久以前，有一名从未听说过魔王的勇者，她叫草灯。

嗯，好吧，其实就是我。

魔王时代已经离我很远了，这个世界只相信金钱与物质力量，所谓魔王与骑士精神，都跟爱情一样，是美好传说里一个用来哄骗孩童的。

我的家人不相信魔王，正如他们不相信爱情一样，永远持反对态度。

“哎，草灯，我说你还是去炼金术师那里当学徒吧？现在那一行最吃香了，你一个阿姨的女儿就是从事这个工作。”

“要不还是去学餐饮行业吧？现在魔王古堡变成旅游胜地了，我们的祖辈就是有名的骑士，搞这个噱头去当导游，肯定没问题的！”

我怯怯地答：“可我想学剑术……”

“学那个做什么？”

“万一出现魔王了，我可以拿剑术和他对抗！”

“你这是不学无术！能不能把心思花在别的事情上？就你这样，以后可以找到工作？不会被饿死吗？”

“可我就想学剑术……”

“你闭嘴！想都不要想！”

我的爱与理想都是一团纸屑，得不到任何人支持。他们为了阻止我的想法，甚至把我关在家中，不许我和外人接触。

“这样罪恶的想法一定是外人怂恿的！”

“不许她再接触那些乱七八糟的人了！”

我被关在暗无天日的小房间里，出入被禁止，饭食也有人来送，原本活泼的性格变得格外阴沉，怕听到声音，怕被人关注，怕开灯，怕与任何人联系。

孤寂真的是很可怕的情绪，能在瞬间摧毁一个人，或许这就是所谓的魔法。

偶尔，我会鼓起勇气，透过窗户看世界。然而，窗户朝向的位置是一片荒无人烟的平原，夜里只有风与月，黑漆漆的一片，没任何生物。

不知过了多久，突然有一片樱花从窗外飘飘然落到屋里。

我如获珍宝，将它小心翼翼地藏在指甲缝里……就在这时，门被推开了，家人问我："你今天还有奇怪的想法吗？"

我没吭声。

他们冷哼一声："果然门禁还是有作用的，只要不让你接触外人，不和那些狐朋狗友厮混在一起……"

"够了！别说狐朋狗友，我根本就没有朋友！"

他们没听我的控诉，直接关上了门，以更加恶劣的方式惩戒我。

隔了一会儿，我将那片樱花从手心里拿出来——脆弱的花瓣被体温灼烫而蜷曲成橘黄色，很快就被揉烂成一团。

我疯了似的往窗户边上跑，拼命把手挤出那狭窄的铁栏。

此时，突然有人握住了我的手。

我抬眼望去，发现那是一个素未谋面的男人。他的眼睛堪比白月，亮晶晶的，镀着一层光，细碎的发盖住睫毛。他启唇，轻声道："你是在找我？"

我缩回手："我没找任何人……你怎么会在这里？"

我记得这一带根本没有其他住户，就此人的样貌来看，他也应该不是本地人。

他低吟一声：“哦，我离家出走了，从外地来的。”

“外地？”

“你想知道？”

“你可以说给我听……”我顿了一下，怕他要走，解释道，“如果你没什么事情，可以来说故事给我听。”

男人眯起眼睛，意味深长地问：“我为什么要说故事给你听？”

不知为何，我本能对他有亲近感：“因为你没钱？我可以给你吃的，只求你别走。”

“为什么？”

“我想有个朋友。”

他笑了一声，不知道在笑什么：“和勇者做朋友？”

“你知道我是勇者？呃，重点是，不能和勇者做朋友吗？”

“可以。”男人又笑了。

“你叫什么名字？”

“我叫零君。”

“零君。”我呢喃自语。

他开始给我讲故事：“我原本在自己的家里生活得很好，我有未来想做的事情，也制定好了人生目标，可因为要重振魔王……不，是家族事业，所以，我被迫放弃我所拥有的那些美好时光。我选择出逃，失去了族人的帮助，我必须自力更生，自己挣钱，积攒所有想要的一切。”

“这样很棒，我也想逃出去，做一些自己喜欢的事情。”

零君瞥我一眼，不知想到了什么，说："不如，定个几年之约。你等我几年，我会救你出来。"

"救我出去？"

"待在小屋子里，和待在我身边相比起来，哪个更舒适？"

我面红耳赤道："那肯定是跟你待在一起。"

"那好，你等我。"零君揉揉我的头，然后转身就走了。

可我并不畏惧他会一走了之。我们之间有约定，所以他会回来找我。快的话，他可能明天就来找我玩，也可能是后天。我必须要有个希望。

这时候，我只想到了一句文艺而又烂俗的话——零君就像一道光，在我最畏惧黑暗的时刻，照进我的生命里。

在我"知悔改"之前，我的家人肯定不会将我放出去。

仔细想想，从小到大，我为了迎合家人究竟背弃了多少事情。我按照他们的安排读了正常学校，就因为他们想我循规蹈矩地生活，我还放弃了魔法学院的保送资格。

在遇到零君之前，我或许还会轻言放弃，可看到他因为不服从家族安排，一个人被驱逐出故乡，在外颠沛流离，一路忍受风吹雨打，也绝不投降时……我竟也有一丝动容。

当晚，等到血月从荒芜的原野升起，零君一如影子似的悄然出现，不知何时已经站在了窗外。

我兴奋，压低声音喊："零君？"

"你还被关在里面？"

"我还不能出去。"

“那你想出来吗？”

“想是想，但是我家人没同意……”

零君皱眉，不解地问我：“为什么要经过家人的同意？”

“因为……”我张了张嘴，竟然说不出个所以然，“因为我害怕他们生气，害怕他们迁怒于我？”

“你是害怕被打骂吗？会哭，会疼？”

我回想了一下那个画面，说：“这倒不怕，打也好，骂也好，我都没什么情绪。我就是害怕他们生气……”

“你这样想，不太对。你害怕他们生气，可他们不担心你过得痛苦，这样的亲情与爱不对等。何况，你是你，你有你的人生，为什么做事情要经过别人的同意？”

他是第一个对我说这种话的人，我想了想，觉得很有道理，但我依旧没回过神来。

“想出来吗？”零君问我。他依旧笑着，只是这次略不怀好意，笑容有些邪肆。

“我怎么出去？还有，我还是怕，还是不想让他们发现。”

“放心，天亮就把你送回来。”零君不耐烦地许下了承诺，隔了一会儿，又说，“嗯……我上过魔法学院，所以会一点魔法。但我施法的时候，你需要闭上眼，绝对不能偷看，好吗？”

“好。”我乖巧地闭上眼，隔着眼皮，能隐约看到——原本荧亮的月被深色的影子笼罩，光线变得格外暗。

不知过了多久，有一双手抵在我的腰侧，直接将我搂到怀里，入鼻皆是他清淡的草木香味。

风声呼啸，羽翼扇动的声音传入我耳中。

等等，长着翅膀的零君？

难道他拥有传说中高贵的神族血统……是天使？

我竟然有个天使朋友？

由于兴奋，我按捺不住内心涌动的欢喜，急匆匆睁开眼，完全无视了零君之前的警告。

才看了一眼，我就呆若木鸡。

零君的确有一双翅膀，他的羽翼丰满柔软，朝天展开，舒展出一片黑芒……只是，一双猩红的眼暴露了他本就是异类的事实。

他不是天使，是魔王。

零君皱眉，瞥我一眼："啧，被发现了。"

我很后悔没有听家人的话，一个人偷跑出来。没有剑术能够防身的我，估计会被炸成焦脆可口的人形肉饼……算了，还是早点求饶吧。像我这样主动献身的勇者，估计是前无古人，后无来者。

"在你把我吃了之前，请允许我讲一句话。"我很有骨气，没认输。

"你说。"

"少加点辣，我对辣椒过敏。"

"……"零君噎了一下，"很巧，我也是。"

我满意地点点头："那很好，我们达成共识了，你来吧。"

"吃了你？"

"对，难道你不喜欢这么直白的说法，要讲'用餐'吗？由此可见，你真是我见过的最优雅的魔王。呃，其实我是第一次看见魔王。"

零君补充道："你应该感到荣幸，你还得到了魔王的怀抱。不过，我不会在这里吃了你。”

“那你想在哪？”

“我的意思是，我不会吃你。”

我一脸惊恐：“你难道是想折磨我？”

“折磨？”

“书里都是这么写的，魔王抓走了勇者，然后用烈火焚烧他，最后吃了。”

零君纠正我：“实际上，魔王才是弱势群体。勇者觊觎魔王古堡的财宝，倾巢而出，猎杀魔王，夺得了财宝以后，又以正义者的姿势回城邀功，建设家园。”

“怎么跟历史上说的不太一样？”

“历史说的就一定是对的？大多数人都这样做，这样生活，就一定是正确的吗？那你想回去过他们所说的‘正确’的生活吗？”

我摇摇头：“当然不想！因为我不喜欢。”

“那你的梦想是什么？”

“当真正的勇者，猎杀魔王。”

零君后退了一步：“……”

“不过你别担心，我对你没什么恶意，何况我也打不过你。那你有什么梦想吗？”

“嗯……之前没有，现在有了。”

“是什么？”

“是不能说的秘密。”他瞥我一眼，“那不如，我来实现你的梦想。”

“我的梦想？”

“你不是想和我对抗吗？就让你体验一次深入魔王巢穴，猎杀魔王？”

我兴奋道：“真的可以吗？你会不会受伤？”

“你打不过我。”

“哦。”我淡定了，想想也是。

“到我背上来，我带你去魔王古堡。”

我犹豫不决：“为什么要到你背上去？”

他憋了一会儿，想出理由：“因为去古堡的路认人，你自己走的话，会有危险。”

“原来是这样，你真是特别温柔的魔王。”

零君羞涩一笑。

一路上，我都乖巧地伏在他的背上。因为他好歹是个陌生男魔王，所以我不敢太亲近他，保持了一些距离。

魔王巢穴比我想象的好看，没有腐烂的沼泽，也没有漫山遍野的臭气，甚至布置得相当整洁舒适，美中不足的是，只有一张床，连客房都没有。

大概还有一个小时就天亮了，我必须赶回家，于是催促零君：“快背我出去。”

“很急吗？”

“很急。”

他想了一会儿，从墙上画出一道门，推开就是我家那阴森的小房间。

我目瞪口呆，夸奖零君：“魔王真厉害。”

他很得意。

“不过，最开始为什么要背我来古堡？不是有这道门能快速出入吗？”

零君干咳一声：“哦，我给忘了。”

我皱眉，从中发现了一个惊天大秘密——原来魔王记性不好！

此后的一段时间，我每天晚上都会跟着零君去他家玩。

有时候是去山上看风景，有时候是看他煮饭。我没想到作为一个魔王，他还要动手煮饭，居然没有仆人服侍。

零君给了我一记眼刀：“你长这么大，是怎么活过来的？”

“我会做水煮蛋、水饺、馄饨、方便面。”

闻言，他长长地叹了一口气，不再出声。

我托腮，趴在桌上，说：“如果我和你一样，有翅膀就好了。”

“你想有翅膀？”

“对，和你一样，有天生的翅膀。”

零君像想起了什么，冷笑一声：“我的翅膀，并不是天生的。”

“啊？”我不解。

“有人把我从那么高的悬崖上丢下去，如果我不想死，那我就得长出魔王的翅膀。”

“这是什么意思？”

“打个比方，人为什么会制造铠甲？”

“为了防止受伤，所以制造了铠甲。”

“那么，如果他一直安稳度日，从未受过伤，又怎么会杞人忧天，特意去制造铠甲这种东西呢？”

我还是不太明白，零君却不肯再说了："总之，只要你想，你也能长出魔王的翅膀。"

我迟疑地点点头，很快就将他的话抛到脑后。

幸福时光并没有维持多久，一次，我回房间时被家人发现了端倪："你跑到哪里去了？"

"哪里都没有去。"我是死也不会抖出零君的。他是我唯一的希望，是我无法对外言说的秘密，我绝对不会让任何人摧毁他。

"草灯身上有奇怪的味道……"

"是魔王！她身上有魔王的味道！绝不会错！"

"异教徒，异教徒！"

"烧死她，烧死她！怎么能够背弃家族？真是令家族蒙羞！"

人类总是习惯随波逐流，只要大众认为是对的事情，他们必定会争先恐后地去做，唯恐被其他人占去先机。于是，做错事情的人越来越多，越来越多。因为损失惨重，所以他们从不会承认自己犯下的弥天大罪。

他们决定要烧死我了，原因有很多：我没有听从他们的安排，为他们谋划利益；我做事又惊世骇俗，他们容不得我。

何况，我还勾结魔王——他们才不在乎这是一个好的魔王，还是坏的魔王。

这天晚上，我被绑在悬崖边上的木架上，底下堆砌着柴火，只要熊熊烈焰烧断了木架，我就会跌落悬崖。

我望着他们的脸，没有一个人上前劝阻行刑者。他们将我所做的"坏事"口耳相传，并且深信不疑。

火点着了，浓郁的黑烟缭绕在我的身侧，木架开始发出危险的“咯吱咯吱”声。就在这时，木架子突然断裂，我脱离了捆绑住我的绳索，跌下悬崖。

走马观花一般，我想起了许多往事——我这辈子，好像就没依照本心去做过自己喜欢的事，一直以来都像傀儡，被人提着线走。如果还能再活一次，我肯定要随心所欲，享受人生。

如果可以的话，我也想……长出魔王的翅膀。

这个念头只存在于一瞬间，很快，就有人盘旋而下，拦腰接住我。

咦，是零君？

我结结巴巴地说：“可能是基因不同，我没长出翅膀。”

零君憋了一会儿，道：“我只是想让你觉得我很厉害而已，实际上，我的翅膀是天生的。”

“哦。”

问答

Q1：“零君，假如读者把草灯抢走了，你要怎么办？”

零君意味深长地回答：“哦，读者都是女孩子，有什么‘能力’跟我抢？”

我扶额，零君一语双关的能力越发精悍了。

Q2：“零君，你喜欢草灯哪一点啊？”

零君沉吟一会儿，然后说：“喜欢她长得漂亮，还有聪明，也很可爱。”

我满意地点点头，听完后，把手从电脑关机键上收回来了。

Q3：“零君，万一你和草灯的宝宝是男孩子，你打算怎么办？”

零君闻言，先是轻声哀号一下，随后痛苦不堪地说：“为什么会有这种问题？不行，不可以，绝对不会的，我会疯了的。”

我嘀咕：“但是我就是生了男孩子啊……”

“可是我不要男孩子。”

“那扔掉好了？”我试探性地问。

哪料到零君如梦初醒，坚定道：“扔掉，真的。”

“……”很好，你赢了。

Q4：“零君，你这么照顾草灯，提前体验当爸爸，感觉如何？”

零君说：“挺麻烦的，因为她很烦人，而且很挑剔。嗯……不过偶尔会有成就感，会被她治愈到。”

“治愈？”

“就是觉得心里暖暖的，希望以后我家小女儿也这么甜。”

“那你会宠她不宠我吗？”

零君笑了一声：“那你觉得我会吗？”

“我不知道。”

“为什么呢？”

我嘀嘀咕咕：“因为她比我可爱。”

“想要比你可爱很难吧？这个世界上不存在比你可爱的人。”

Q5：“零君，草灯码字不理你的时候，你会怎么吸引她的注意力呢？”

“会碰碰她，摸摸她？”零君认真地说，“在我身边还好说，我会把她抱怀里，动手动脚……喀喀，吸引她的注意力。如果不在身边就有点麻烦了。”

禽兽！

Q6：“零君老父亲，如果你的女儿像草崽一样早早被人抓过去养了怎么办？”

零君大惊失色：“这怎么可以？！绝对不可以！我不会允许这种事情发生的！”

Q7：“零君，你是什么时候意识到自己喜欢草灯的？”

零君顿了一下，慢条斯理地说：“以前有段时间，睡前都会想到她，总觉得心里缺了点什么……某次，下意识问了自己一句是不是喜欢上她了，然后发现，好像是喜欢上了……”

Q8：“零君，你打算什么时候和草灯结婚？”

零君迟疑道：“这个问题有点遥远，大概两三年以后，不结婚也会去她家定下关系吧，免得夜长梦多。”

Q9：“零君，如果你这辈子没有遇到草灯，你会怎么办？”

零君深情款款道：“那我就不知道了，因为对我来说，她很重要。不过，我也可能遇到其他人？”

我冷笑一声：“那我也会遇到其他人，和他们生一个足球队的孩子！”

“那你要和我生一个足球队吗？”

“不要！”

“为什么别人可以，我不可以？”零君似笑非笑。

Q10：“零君，以后打算和草灯生几个小孩？”

零君想了一会儿：“一个。”

“为什么？”

“我不想把我的爱分给那么多人……”

Q11：“草灯以后会不会办签售会？零君会不会陪同？”

零君沉吟一声：“我从来不把照片放到网上。生活里我只是一个普通人，不希望被任何人打扰。办签售会，她开心就好。我不会在读者面前露面，万一被人说不好看呢？嗯……不过我可以装成小粉丝跟草灯要签名吧？”

零君这样说，心里肯定很委屈。他肯定希望自己在我心目中是最帅的。可能是情人眼里出西施，我也一直觉得他很好看。

然而，我们不能保证所有的人都以温柔心看待我们。不出头，不浮夸，踏踏实实过日子，颜值方面也谦虚，是最保险不过的事情。

我：“嗯，零君也只是一个普通人，大家把他当作邻家大哥哥来看就好了，不用有什么幻想的。为了保护他，所以签售会他就不出席了。”

Q12：“零君在暗恋草灯的时候有没有幻想过将来牵手之后的生活会是怎样的呀？”

零君微微一笑：“有。我辛苦上班一整天回到家，她就马上出现在门口，帮我脱外套，撒娇，说很想我，然后问‘嗯，老公大人是想先吃饭，还是先吃我’诸如此类的问题。”

我瞥了他一眼：“你想多了，大变态，我才不可能这样贤惠。”

“你知道我同学说了什么吗？”

“嗯？”

“他们说：‘你确定草灯会对你很好吗？估计连你生病了，她都不看你一眼。’当时我矢口否认了，现在看你的样子，我感觉他们很有可能说对了……”

“别担心了，我肯定会看你的。”

“嗯？”

“因为不盯着你的话，你怎么肯起来煮饭给我吃……”

“……”零君大魔王打算教训我了。

Q13：“草灯幻想中最美好的爱情是什么样子？现在和你所想一样那么幸福美满吗？”

我歪头想了一会儿，然后说：“最美好的爱情，应该是无话不说，完全信赖，不会患得患失，更不会怕热恋期消逝。换句话说，我和零君在一起，彼此就是全世界。我们待在一块儿，就拥有足够抵御世态炎凉的力量，不惧怕任何世事变迁。小时候，我因为童年阴影很害怕酗酒的人，想找一个不抽烟喝酒、温温柔柔、不霸道的另一半。然而，零君只符合了不抽烟喝酒这一条，偶尔管起人来霸道而又强硬！不过，现在的生活我很满意，我也觉得很幸福。我对于未来的幻想也只有零君，没想过和其他人在一起共度一生……虽然把一辈子赌给初恋有点冒险，但我知道这肯定不是一桩亏本买卖。”

提问者：“那么零君呢？”

零君思考了很久，才回答：“我不知道怎么说，只能讲我想要的爱情是什么样的——我喜欢和最爱的人一天到晚待在一块儿，可以做所有想做的事情，热恋永远不会消退，也不会爱上别的人。至于现在究竟是不是像我所想的那样幸福，我想说，不是。”

我诧异地望着他：“为什么不是？”

“我觉得远远不够，现在待在一起的时间太少了。我很想实现抱你回家的承诺，早点结婚，早点和你待在一起。你分给我一部分时间不够，我们要每一分、每一秒、每一天，无时无刻不黏在一起，才能解我相思。所以，现在还没有像我所想的那样幸福，我想要更多。”

他话说得暧昧，不过里面的意思，我也懂了。

没想到这厮狼子野心，我们几乎每天都黏在一块儿了，他还嫌不够。

Q14：“如果草灯做了一件零君特别不喜欢的事，或者零君做了一件草灯特别讨厌的事，在这两种情况下，两位会如何解决并和好如初？”

零君：“如果是我做了一件让她不高兴的事情，我肯定会第一时间去道歉的。如果是草灯做了一件让我不高兴的事情，首先她得先过来告诉我，至于怎么处理她，就得看我心情了……当然，撒个娇什么的也是可行的。不过得分大事和小事，大事譬如出轨，那我会毫不犹豫地分手。我已经这么疼爱她了，结果她还背叛我，那这种人是没有资格继续接受我的疼爱的。最重要的一点是，这就是不喜欢我的表现。如果她喜欢我的话，就根本不会去冒这个险。小事的话，一般她卖个萌就结束了。我很容易心软，特别是对她。”

我心里窃喜：“意思就是说，撒撒娇就好了？”

他瞥我一眼：“当然，这并不是你可以肆意做错事的理由。故意惹我不开心，我还是会教训你的。”

“哦。”

提问者：“那草灯呢？”

我抚了抚下巴，说：“如果是我做了让他不开心的事情，喀喀，当然是小事的范畴内的，我会选择隐瞒……”

零君的声音很危险：“你再说一遍？给我一个你隐瞒的理由吧。”

“因为怕被你骂……”

“所以你觉得隐瞒了，就不会被骂了，是吗？”

“至少暂时不会被发现。”

“你觉得相差很多吗？只是时间上的差距。”

“好吧，那我就告诉你吧。”

“何况，你也骗不了我。”

我：“哦。”

隔了一会儿，我想起了另外一个情况还没答，补充道：“如果他做了让我不开心的事情，大事，就像他说的出轨那样……我其实第一反应就是，怎么可能？我这么好看，他还出轨？我不信……咯咯，好吧，我当然会很伤心，估计会一个人蹲角落里哭很久吧？我应该会不相信爱情了，不过想想也觉得不可能发生，零君微信还有QQ密码和我的都是互通的，我们两个之间根本就没有秘密……连百度账号都是同一个，互相连搜索关键字都知道。不过如果真的发生了，我肯定也会踹了他，然后出去风流快活，做不婚主义者了。小事类型的话，他得跟我说，然后被我骂一顿，就好了。”

零君：“你还敢骂我？胆子很大？嗯？”

“不敢……”

Q15：“如果草灯疯狂迷恋某个男星，注意是疯狂哦，想知道零君是什么反应。”

我：“零君大大，这个问题找你呢。”

零君冷笑道：“我会把关于那个男星的一切东西都删掉、丢掉，有海报就丢海报，有什么都丢。”

我愣住了：“为什么？”

“因为你是我的，你凭什么喜欢别的男人？”

“……”醋王零君。

Q16：“零君有给你写作意见吗？或者看完你写的文有说什么吗？”

我：“他给我的剧情猜测都非常狗血，我听完他的意见，大概就知道什么是绝对不能写的了。不过零君很温柔，他很支持我写作，也追我的小说，甚至会在我受挫的时候安抚我。他觉得女孩子就应该被养在家里，做自己喜欢的事情，整天无忧无虑的。”

零君：“我觉得我的写作意见很重要，没我不行。你不觉得我给了你很多重要的意见，一直在鼓励你，你写作之路这么顺，我功不可没吗？”

“没有……”

“你再说一次。”

“没有你不行。”

Q17：“草灯生零君气的时候，零君会做什么来哄小姑娘？零君生草灯气的时候，草灯会做什么来哄零君？”

零君：“一般会抱怀里，她可能会害羞，然后就不生气了；或者是逗她开心，她一笑，就不气了。”

我：“如果零君生气，我一般都是安安静静地坐旁边，等他自愈。”

“……”他无话可说。

Q18：“草灯写的小说里有没有以零君为原型或借鉴的人物？我看《别对他说谎》时，感觉苏牧老师有零君的影子，是吗？《他所闻到的世界》，纪零是零君吗？”

我：“其实小说来源于生活，很多小段子，我都会下意识写到小说里，当然也包括男主。不过不可能百分百写零君的性格，因为他和别的女主角在一起了，我会吃醋呀！关于纪零，喀喀，这个应该是最像零君的角色了，导致他追文的时候常常抱怨——纪零为什么又学我说话！”

Q19：“零君怎么看待草灯写作的事情？会看完草灯的书后夸草灯吗？”

零君一边切菜做晚饭，一边漫不经心地答：“我觉得草灯的写作路上没有我不行吧？”

“不要脸！”

“言归正传，草灯很不自信，需要我在旁边鼓励她，她才肯继续写下去。而且我的意见都比较客观，说好看，就是真的好看了。小姑娘有自己的事业，有自己想干的事情很好。她做这些事情，我应该好好支持她，而不是持反对意见。不过，我很担心她在网络上被一些恶意评论攻击，从而一蹶不振，所以，所有的评论我都会看，并且筛选出恶意言论，过滤掉再告诉她。不然，小姑娘被人欺负，我也很心疼。”

Q20：“草灯跟零君有没有冷战过？有没有想要放弃？”

零君沉吟一声：“冷战肯定有的，没有哪对情侣不冷战。不过冷战的时间都不长，最长的时间好像是半小时……”

“你还有脸提！半小时也叫冷战？”

“总之，一挂断电话，我就会生理上心疼，基本整夜不入睡，辗转反侧，一直想着草灯的事情。嗯……总有种愧疚感，感觉自己做了不该做的事情，又很怕草灯一个人在角落里哭。何况，小女孩总是处于弱势的，我总不能欺负她，毕竟我们也在一起这么久了。别的不敢说什么，只能说，如果两个人真的互相喜欢，其实吵架，出现分歧，也只是因为太在乎对方，想把自己的想法强行加给对方，让对方和自己同化，变得更好。然而我们忘记了对方也有厌恶被束缚的时候，矛盾就这样产生了。”

我惊喜：“不被束缚的意思是，我想吃可乐鸡翅也可以咯？”

“可以呀，”零君微微一笑，笑容里透露出了残忍的意味，“但是你得自己煮。”

“……”就猜到没有好事。

“想要我煮的话，总得看我的心情如何。”

“……”姜还是老的辣。

Q21：“零君，小时候的草灯可爱一点，还是现在的草灯可爱一点？”

零君抚了抚下巴，说：“以前黏我一点，更可爱。”

“……”黏？我是小猫小狗吗？！

Q22：“两个人在一起的什么时刻会紧张？”

零君：“现在不会紧张。刚开始认识的时候会紧张，特别是独处时，害怕说错话，惹她不高兴，也怕自己会做出什么奇怪的事情……”

我愣了一下：“等等，你说做奇怪的事情？是什么意思？”

“嗯……不会做，没胆子。恋爱之前，我有幻想过亲你，然而只敢想想，完全不敢做。”

“没想到你居然是衣冠禽兽，我都没想过这么肮脏的画面！”

零君瞥我一眼：“嗬，没想过？是谁说梦到亲我的？我就没见过像你这样厚颜无耻的人！”

“咯咯，”好像还真有这茬，然而我矢口否认，“肯定是你的幻觉。”

Q23：“零君大草灯几岁？是大叔和少女恋爱吗？”

零君：“生理和年龄差得并不多，心理方面应该成熟很多……还有，你的小心思都在我的掌控之中。”

我面红耳赤：“什么小心思？”

“谁会无缘无故和朋友说喜欢？这还不代表着你在恋爱以前就喜欢我？”

“……”不要脸，欺负我年少无知。

Q24：“零君打算什么时候和草灯结婚呢？”

零君想了一会儿，说：“越快越好，我也想早点结婚。等她成了我的人之后，我想把她怎样就怎样。”

我结结巴巴：“禽……禽兽！”

“每天过得很幸福，调戏调戏你。”他顿了一下，意味深长地补充，“调戏你不是很有意思吗？”

“……”恐婚症又犯了。

提问者想不出问题了，于是零君开始提问——

Q25：“你什么时候喜欢上我的？好好回答，答不出来打手心。”

我头皮发麻：“大概是在很久很久以后吧……”

“骗子！”零君皱眉，“你怎么每次都变一个答案？之前说第一眼看到我就喜欢我了，之后又说第一次出去玩喜欢上我的，你到底哪句话是真的？嗯？”

“那好吧，那就第一眼看到你就喜欢上你了。”

“不改了？真的不改了？”

“嗯！”

零君继续问——

Q26：“你觉得我是什么样的人？”

我：“你是很温柔的人，会煮饭给我吃，还会陪我玩。”

零君：“为什么我觉得都没说到重点？”

我一愣：“什么重点？”

“除了陪你吃、陪你玩，我就没有半点作用？”

“还有其他的作用？”

零君深吸一口气："'我对你来说有什么用'和'我对你来说是什么样的人'，这两个问题性质完全不同。"

"哦，那你是个好人。"

"小坏蛋，少给我发好人卡。"

我发起提问——

Q27："你在第一次接吻的时候，就想对我负责吗？"

零君看我一眼："我是用情很深的人，就是因为喜欢你，才会去撩你、亲你、接近你。还有，前提是和你恋爱，所以会对你负责，而不是亲你，重点错了。"

"哦。"

提问者再次发问——

Q28："当初你喜欢草灯的时候，草灯看起来这么小，零君会不会有负罪感？"

零君想了一会儿，然后说："负罪感倒也不会有，就是觉得她跟小妹妹一样……"

我："会不会不好意思开口啊？"

"面对自己喜欢的女孩子，还会有不好意思开口的时候？"零君冷笑一声，"我又不是痴汉，也不会对你做什么过分的事情。"

"可是你是禽兽！"

"如果我不下手的话，你早被别人抢走了，哪还有等你长大的时间？"

“……”不愧是大魔王零君。

“何况，慢慢养不就养大了？”

“……”禽……禽兽。

Q29：“零君玩游戏的时候，如果草灯来找，游戏又不能中止，你会怎么做？”

零君：“我会马上关掉游戏。还是她重要一点。”

Q30：“零君好像是女儿控，如果婚后草灯生了儿子，你会怎么做？”

零君遗憾道：“我觉得生孩子很辛苦，儿子就儿子吧。不过，如果是像草灯这样调皮的，他肯定会失去父爱；如果和我一样乖，或许我看他会稍微顺眼一点。”

教我如何不想他
梦筱二◎著
♀她唯一的愿望／就是跟他相守到老
♀他唯一的梦想／就是实现她的愿望
晋江人气甜宠言情，
长居现言各大榜单，
新增独家番外。
→→→《教我如何不想他》 定价：32.00元 即将甜蜜上市
工作狂魔×宠妻狂魔
苏炸万千少女的
甜 蜜 婚 后 日 常
十一年前，她遇见他，也因他，她爱上摄影。
十一年里，她收到了他送的129部相机。
十一年，她一直都在路上。
在追求梦想的路上，不曾放弃，
在跟他相爱的路上，不曾后悔。
工作狂魔美女摄影师×宠妻狂魔投行总裁
苏炸万千少女的甜蜜婚后日常